唐 李思训 京畿瑞雪图

宋 赵信摹本 虢国夫人游春图

唐 佚名 仕女图

唐 佚名 宫乐图

唐诗陕西

京城长安

杨乾坤 注释

陕西新华出版传媒集团
陕西人民出版社

图书在版编目(CIP)数据

唐诗陕西·京城长安/杨乾坤注释. —西安:
陕西人民出版社,2022.4
ISBN 978-7-224-14408-6

Ⅰ.①唐… Ⅱ.①杨… Ⅲ.①唐诗-诗歌欣赏 Ⅳ.
①I207.227.42

中国版本图书馆 CIP 数据核字(2022)第 028022 号

主　　编:宋亚萍

出 版 人:赵小峰
策划编辑:李晓锋　张孔明　彭　莘
责任编辑:王彦龙
整体设计:杨亚强

唐诗陕西·京城长安
TANGSHI SHAANXI JINGCHENG CHANG'AN

选 注 者　杨乾坤
出版发行　陕西新华出版传媒集团　陕西人民出版社
　　　　　(西安市北大街 147 号　邮编:710003)
印　　刷　陕西天地印刷有限公司
开　　本　880 毫米×1230 毫米　1/32
印　　张　7.25
插　　页　4
字　　数　180 千字
版　　次　2022 年 4 月第 1 版
印　　次　2022 年 4 月第 1 次印刷
书　　号　ISBN 978-7-224-14408-6
定　　价　58.00 元

序

孔　明

今生今世，无论是谁，做了陕西人，都应该感到庆幸。不说黄帝、炎帝，不言周秦西汉，单道唐朝盛世，陕西都堪称泱泱中华的一方风水宝地。陕西遇着了唐朝，而且拥有了京畿之地；陕西遇见了唐诗，而且独占了唐诗高地。如同大唐盛世在中国王朝史上居于峰巅一样，唐诗在中国文学史上无须赘言，自然巍峨。古代中国享有“诗国”之美誉，不能说是唐诗所赐，却可以说唐诗的浓墨重彩为中国披上了绚丽的诗衣。在唐诗版图上，唯独陕西得天独厚，无论唐诗数量抑或质量，只有第一，没有第二。博读唐诗，诗魂悠悠，在诗行里游走，浸淫既久，人被诗化，出口不是诗，也是歌了。唐诗的魅力、魔力与感化力，于此可想而知！

唐诗林里，古代陕西的人文大观、人情风土、人物风流以及田园山水、名胜古迹等，都是绕不过去的，就如同皓月当空，谁也不能无视一样；就如同“万绿丛中一点红”，人不惊艳，怎么可能？那种独有的风景、风情、风物、风韵、风骨，仿佛春风扑面，又如花香袭人，不期然已身临其境而叹为观止；遍游陕西，旮旯犄角都有唐朝遗韵，稍不留神就有唐诗馀韵，驻足流连就有唐诗人物形影足迹可觅，洗耳恭听就有唐诗本事耳熟能详。咦！人道是陕西一阈，呈现的却是大唐王朝的盛世气象与博大情怀，更兼备中国人文地理的国家特征与民族图腾。因此之故，饱读唐诗，读进去了，很容易“惚兮恍兮，其中有象；恍兮惚兮，其中有物”，此中美妙，一言难尽。就好像是旧地重游，眼前似曾相识，又恍若隔世，忍不住要抚今追昔、缅怀古人了。或许自己的祖先就曾生活在陕西，也或许祖上某个人物曾在陕西宦游，更或许追根问底，自己原本就是陕西的唐人！

如果不读唐诗呢？那就不无遗憾了！不读唐诗，就不能领略陕西的人文丰厚；不读唐诗，就无法读懂陕西的前世今生；不读唐诗，就难以真正感悟陕西何以成为皇天后土的代名词。最大的遗憾是，不读唐诗，今生今世极可能与陕西皇天后土失之交臂，对话都少了一种资本，毕竟在这方神奇的故土里，播撒了太多唐贤的种子，抓一把泥土就像抓了一把唐魂，就等同于与唐贤握手。妙乎哉，不妙乎？

话说到这份上了，再说《唐诗陕西》丛书呼之欲出，真不是夸张；说其水到渠成，真不是自作多情；说其应运而生，真不是欺世盗名。

呈现在读者（唐人后裔）面前的《唐诗陕西》，分册有五：一曰《大唐三百年》，二曰《京城长安》，三曰《天府关中》，四曰《秦岭风情》，五曰《人文纵横》。顾名思义，就足见选注者只眼不俗，匠心独具，用心何其良苦，其视野在云横秦岭之上，其学识如云破月来花弄影，其钩沉直似学海爬梳，梳理出来的都是唐诗里的一串串珍珠，都带有陕西的胎记。一套《唐诗陕西》在手，唐诗陕西便横空出世，唐朝陕西更一览无馀。

《大唐三百年》，唐诗三百年。盛世之治，安史之乱，都在陕西地面上演；兴而盛，盛而衰，都有唐诗陕西为证。杜子美诗云："忆昔开元全盛日，小邑犹藏万家室。稻米流脂粟米白，公私仓廪俱丰实。"所谓国富民强，此之谓也！太史公曰："仓廪实而知礼节，衣食足而知荣辱。"唐人气度，唐人风度，唐人大度，唐人美誉度，俱从此而来。这样的国度，不被歌唱，那才叫怪了；既然被歌唱，唐诗焉能不蔚然成风？唐朝诗人辈出，唐诗登顶称雄，也就见怪不怪了。在唐朝，即使乡村野老，甚至妇孺文盲，不出口成章，也能吟出时尚韵句，那真道是一代风流，已惠及田间地头。那时候，唐诗之流行，一如当今之流行歌曲，人皆能哼哼几句，不哼哼那还是唐人么？

《京城长安》，真可谓诗城、诗都！读唐诗，真能读出一座城来，此城天下独一无二，那就是唐都长安。盛世繁华，长安为证；万国来朝，长安见证；自信风度，长安明证；前无古人，后无来者，唐诗足可自证。在长安，诗仙李白，曾经傲视王侯；在长安，诗圣杜甫，曾经怀抱美梦；在长安，诗魔白居易一曲《长恨歌》，千年传唱。长安，借杨乾坤先生一句话，足可以自美："地域之美，时代之美，格局之美，气度之美，文化之美，科举之美……"美中不足的是，唐长安诸般美轮美奂，后人大抵只领略了皮毛。想要全方位领略，那就非读唐诗不可。读《京城长安》，就算管中窥豹，也必喜出望外！那可是唐诗里的长安啊！

《天府关中》，有诗为证，那只能是唐诗。杜子美云："回首可怜歌舞地，秦中自古帝王州。"秦中，即关中也！关中地面上能雄起周秦汉唐，岂偶然乎？至少唐以前的天府之国，不在蜀，而在秦，读罢《天府关中》，心中若还有疑问，那就去恶补国史吧！读这一本唐诗，始信关中的神奇不是吹的，确信天府之桂冠不是自封的。八百里秦川，在唐代诗人韩琮眼里竟然是"秦川如画渭如丝"，这样的目光，这样的胸襟，这样的诗句，唯独唐人才能吟出！倘近距离观赏，跃入眼帘的却是这样的画面："万户楼台临渭水，五陵花柳满秦川。"哦，这是崔颢的诗！崔颢是谁？就是写下唐人七律第一《黄鹤楼》的那位主儿！李白称羡曰："眼前有景道不得，崔颢题诗在上头。"想来，也只有天府关中，才配得韩琮、崔颢的诗句！

《秦岭风情》，一定是别有风情，也是有唐诗为证。当今之世，谁人不知，何人不晓，秦岭不仅是中华脊梁，而且是国中后花园，享有"中国肺"之清誉。秦岭横亘东西，居然把中国分为南北，把黄河、长江劈为两大水系，作为华夏儿女，岂能不顶礼膜拜？读罢《秦岭风情》，那风情在唐诗里温润香郁如美酪，婉转婀娜如歌舞，醍醐灌顶如雷音，不拍案惊奇，也当掩卷回味，只恨晚生了千馀年，没赶上那人人挺胸凸肚、神气活现的如花怒放时代。然而，虽说沧海桑田只能咏叹，但能读唐诗而故国神游，也可谓三生有幸了！今夕何夕，竟能与唐诗相遇？今夕何夕，竟能在唐诗里饱阅秦岭风情？说白了，那正是唐人风情！秦岭如画，秦岭如歌，秦岭如诗，那一定是唐诗！千年诗国，首推大唐；万首唐诗，首推秦岭。美乎哉，真美也！壮乎哉，真壮也！奇乎哉，真奇也！

《人文纵横》，纵横人文，人文第一，非唐诗而何？唐诗里有浪漫主义，如李白；唐诗里有现实主义，如杜甫；唐诗里有魔幻现实主义，如李贺、李商隐。说唐诗是中国传统文学的登峰造极，至今罕有异议；说唐诗是华夏文明开出的一朵奇葩、结出的一枚神果，至今罕有质疑。唐人风流，有诗为证："虢国夫人承主恩，平明骑马入宫门。却嫌脂粉污颜色，淡扫蛾眉朝至尊。"即使讽喻，也难掩唐人审美高调。唐人多情，有诗为证："杨柳青青江水平，闻郎江上唱歌声。东边日出西边雨，道是无晴却有晴。"也只有唐朝，才会如此道情：直白如画，有隐喻，更有欢快。唐人风趣，有诗为证："两人对酌山花开，一杯一杯复一杯。我醉欲眠卿且去，明朝有意抱琴来。"呵呵，那是怎样的人文环境，使唐人活得如此怡然自得！唐诗里更有《登科后》的年少轻狂："昔日龌龊不足夸，今朝放荡思无涯。春风得意马蹄疾，一日看尽长安花。"只有人文包容，才有学子及第的如此张扬！人生得意，莫此为甚；人文底蕴，非此而何？人间万种风情，凭借人文东风，在唐诗里被发挥得淋漓尽致！到陕西来，品唐人诗，领略的是陕西风情，更是唐朝风情的硕果仅存！

选注者杨乾坤先生，何许人也？读《布鼓集》，便能见识他才思之敏捷；读《中国古代文字狱》，便知他学识之渊博；读

《司马迁与史记》，便服膺他学问之深厚；读《楹联趣话》，便敬佩他读书之博闻强记。他的记性奇好，加之口才出众，给他一个话头，他就能灵感喷涌，左右逢源，引经据典就像清风翻书，旁征博引就像天女散花，道不尽的源远流长，说不完的掌故出处。眼见他信手拈来，又见他拈花微笑；他貌似信口开河，实则是“黄河之水天上来”，滔滔不绝是因为腹藏学海，取之不尽，用之不竭也！出于对他人品学养的敬重，陕西人民出版社礼聘他为《全唐五代诗》的特约编辑。与陕西人民出版社合作有年，他的奉献有目共睹，很多高难度的图书编辑，例如《关中方言大词典》等，都借助了他这个“呼之即来”的“活字典”。一半敬重，一半信任，合璧而促成我们向他再次约稿，委托他选注了这套《唐诗陕西》。

《唐诗陕西》是陕西人民出版社出版的《全唐五代诗》的副产品。如果说《全唐五代诗》是一座山，那《唐诗陕西》就是这座山的峰巅；如果说《全唐五代诗》是一条河，那么《唐诗陕西》就是这条河的支流。读唐诗，陕西如影随形，不领略都不得行；游陕西，唐诗如魂附体，不阅读那等于白游了。

把《唐诗陕西》置于枕边，诗有了，梦也有了；把《唐诗陕西》置于案头，风有了，雅也有了；把《唐诗陕西》置于书架，陕西有了，唐朝也有了。岁月悠悠，诗意悠悠，拥有《唐诗陕西》，夫复何求？夫复何求？

2021 年 6 月 6 日

“山河千里国，城阙九重门。不睹皇居壮，安知天子尊。”这是初唐诗人骆宾王对唐都长安的歌颂。长安大地，在中华民族五千年文明史上，有着崇高的地位。周龙腾，秦虎视，汉振天声，唐标伟业，其建都包括十三朝（含新莽和武周），历时一千一百年，建都时间之长，在中国六大古都中居于首位。诗圣杜甫对其有精准的文化定位——“秦中自古帝王州”！

到了唐代，这座帝王州更是雄踞于世界的中心，太极宫、大明宫、兴庆宫三大内巍峨的宫殿群，八十四平方千米的面积，百万人口的大都会，组成了庄严雄伟的长安城！

长安，向世界展现出大唐的壮伟；

长安，向世界展现了中华民族的精神；

长安，向世界展现了华夏自豪的文化高地；

长安，向世界展现了风情万种的大唐皇都！

八水分流横地轴，百二秦关卫帝京。

地域之美，时代之美，格局之美，气度之美，文化之美，科举之美……终于使长安美出了都城的极致。

万家身在画屏中（施肩吾），迢递山河拥帝京（包　何）。

休气荣光恒不散（裴　漼），春风流出凤凰城（杨　凌）。

目　录

李世民

李世民（599—649），唐朝太宗皇帝，李渊次子，公元626—649年在位。隋末随父于太原起兵，推翻隋王朝。李渊建唐称帝后，被封为秦王。武德九年（626），他发动“玄武门之变”，迫使李渊传让皇位，次年改元贞观。在位期间，推行均田制、租庸调法和府兵制度，兴修水利，加强吏治，发展科举，选贤任能，“从谏如流”，使社会经济有所恢复，被史家誉为“贞观之治”。著有文集四十卷，《全唐诗》编其诗一卷。

秋日翠微宫①

秋日凝翠岭，凉吹肃离宫②。荷疏一盖缺，树冷半帷空③。侧阵移鸿影，圆花钉菊丛④。摅怀俗尘外，高眺白云中⑤。

① 翠微宫位于长安城南五十里之太和峪，原为唐高祖武德八年（625）所建之太和宫，贞观十年废，二十一年（647）复置，更名曰翠微宫。李世民在诏书中云：“近因群下之志，南营翠微，本绝丹青之工，才假泉林之势，峰居隘乎蚊睫，山迳险乎焦原。”在唐四大行宫中最为险峻。作者在诗中描写了翠微宫淡雅清旷之秋色。

② 这两句写翠微宫之秋日。“凝翠岭”，言秋日也；“肃离宫”，言秋气也。“离宫”，帝王正式宫殿之外的宫室，谓之离宫，言与正式宫殿分离。

③ 这两句点荷点树。“荷疏”，因荷叶枯也（苏轼句：“荷尽已无擎雨

盖”可参读)。“树冷”，因叶半落也。“盖”，荷叶，其叶大如盖。“帷”，此处指树冠。

④ 这两句点鸿点菊。“侧阵”，言鸿雁在空中所排的“人”字队形。

⑤ 这两句写望远抒怀。“摅（shū）怀”，抒发情怀。

李 显

李显（656—710），唐朝中宗皇帝。系高宗李治与武则天之子，公元684年、公元705—710年两度在位。武则天临朝称制，废为庐陵王，圣历二年（699）复立为皇太子。神龙元年（705），宰相张柬之等以羽林兵讨乱，迫使武则天退位，拥其复皇帝位。在位期间，受制于皇后韦氏，刑政错乱，宫闱淫靡。景云元年（710）被韦后与安乐公主毒死。李显乃一庸才，而枉作人主，国家之不幸也。《全唐诗》编其诗七首。

立春日游苑迎春①

神皋福地三秦邑，玉台金阙九仙家②。寒光犹恋甘泉树，淑景偏临建始花③。彩蝶黄莺未歌舞，梅香柳色已矜夸④。迎春正启流霞席，暂嘱曦轮勿遽斜⑤。

①“立春”，节候名，在阳历二月五日左右。“游苑”，此处指游长安东郊之苑。沈佺期《奉和立春游苑迎春》：“东郊暂转迎春仗，上苑初飞行

庆杯。”可参读。“迎春”，此处指迎东方之神。

②“神皋”，指京都一带的良田。“三秦”，地名。故地在今陕西省一带。项羽破秦入关，三分秦关中之地以王秦之降将章邯等三人。合称三秦，后来泛称关陕一带为三秦。“玉台”，泛指宫廷的台观。“金阙”，称皇帝之宫阙。“九仙”，诸仙人。九指多数。

③“甘泉”，隋宫名，因面对甘泉谷而得名。在长安西南鄠县（今为西安市鄠邑区）境内。“淑景”，谓美景。“建始”，汉成帝刘骜年号之一（前32—前29）。这两句泛指所见之宫阙及花草。

④“矜夸”，矜其所能以自夸大。矜，自负贤能。这句言梅标清骨，柳眼初醒，皆为报春之物，非物自夸，乃人夸也。

⑤“流霞席”，指酒宴。流霞，泛指美酒。“曦轮”，太阳。“遽（jù）斜”，快速西斜。遽，疾，速。

李隆基

李隆基（685—762），唐朝玄宗皇帝，亦称唐明皇。因其谥号曰至道大圣大明孝皇帝，故有是称。系唐睿宗李旦第三子，712—756年在位。景龙四年（710）与太平公主合谋发动政变，拥立睿宗即位，被立为皇太子。延和元年（712）受禅即皇帝位。即位之初，他励精图治，任用姚崇、宋璟为相，整顿武则天以来之弊政，使得唐代的经济文化在开元年间发展到高峰，达到了盛唐之最，被史家誉为“开元之治”。后来他宠杨贵妃惑迷于内，任用李林甫、杨国忠而政荒于外，遂使吏治腐败，中央政权不断削弱，西北、北方各镇节度使形成割据势力。天宝十四载（755）安禄山反叛朝廷，起兵范阳，于次年攻入长安，李隆基踉跄奔蜀。诸将拥立太子李亨（肃宗）即位，他被尊为太上皇。史家论其窜身失国之由，正是因其“侈心一动，穷天下之欲不足为其乐，而溺其所甚爱，忘其所戒”（《新唐书·玄宗本纪》），可谓一针见血之至论。《全唐诗》编其诗一卷。

春台望①

暇景属三春，高台聊四望②。目极千里际，山川一何壮。太华见重岩，终南分叠嶂③。郊原纷绮错，参差多异状④。佳气满通沟，迟步入绮楼⑤。初莺一一鸣红树，归雁双双去绿洲⑥。太液池中下黄鹤，昆明水上映牵牛⑦。闻道汉家全盛日，别馆离宫趣非一⑧。甘泉逶迤亘明光，五柞连延接未央⑨。周庐徼道纵横转⑩，飞阁回轩左右长。须念作劳居者逸，勿言我后焉能恤⑪。为想雄豪壮柏梁⑫，何如俭陋卑茅室。阳乌黯黯向山沉，夕鸟喧喧入上林⑬。薄暮赏馀回步辇，还念中人罢百金⑭。

① 这首诗是李隆基游望春宫时所作。望春宫，在长安东南，临浐水。

② “暇景”，空闲的时间。“三春”，春季三个月，正月称孟春，二月称仲春，三月称季春，合称三春。“春台”，这里指望春宫之高台。

③ “太华”，即华山，为别于其西之少华山，故称太华。“终南”，终南山，秦岭之一段，在长安以南。“叠嶂”，重叠的山峰。

④ 这两句写长安城东南一带之地貌，计有白鹿原、杜陵原以及骊山延缓之原地。“绮错”，纵横交错。“参差（cēn cī）”，不齐貌。

⑤“通沟”，指诸原之沟。“楼”，指望春宫之楼。

⑥“红树”，着花之树。“洲”，水中的陆地。

⑦“太液池”，在大明宫内含凉殿后，又名蓬莱池。池分东西两部分，中间以水渠相连。皆为椭圆形。“昆明”，即昆明池，在长安西南，周回四十里，汉武帝元狩三年（前120）所凿，唐时尚存。“牵牛”，星名。即河鼓，俗称牛郎星。隔银河与织女星相对。

⑧“别馆”，别墅。“离宫”，见李世民《秋日翠微宫》注②。

⑨“甘泉”，汉宫名，故址在今陕西淳化县西北甘泉山。“逶迤”，弯曲而连续不断貌。“亘”，连接。“明光”，汉宫名，一在长安，一在甘泉宫。“五柞”，汉宫名，在关中盩厔（今作周至）东南。“未央”，汉宫名，在长安。

⑩“周庐”，皇宫四周所设的警卫庐舍。“徼道”，巡行警戒的道路。徼，巡察。

⑪ 这句是说，我是后来者，也不能不顾惜劳作者。“恤”，忧虑，顾惜。

⑫“柏梁”，即柏梁台。汉时台名。故址在今西安汉长安城遗址内。

⑬“阳乌”，神话指日中大乌。后亦用为日的代称。“上林”，苑名。汉上林苑周围至三百里，有离宫七十所，苑中养禽兽，供皇帝春秋打猎。地在今西安市长安区、鄠邑区至周至县界。此处代指唐禁苑。

⑭“步辇”，辇，车。殷周时用以载物，至秦，去轮为舆，改由人抬，称步辇。乃皇帝、皇后所乘。也指乘步辇而行。“中人”，指中产之家。末句用汉文帝故事。文帝尝欲作露台，得知造价需百金。文帝曰：百金，中民十家之产。遂罢。（《史记·文帝本纪》）

文德皇后

文德皇后，太宗皇后。长孙氏，洛阳（今属河南）人。隋左骁卫将军长孙晟之女。喜图传，视古今善恶以自鉴。矜尚礼法，尝采古妇人事，作《女则》十卷。《全唐诗》编其诗一首。

春游曲①

上苑桃花朝日明，兰闺艳妾动春情②。井上新桃偷面色，檐边嫩柳学身轻③。花中来去看舞蝶，树上长短听啼莺。林下何须远借问，出众风流旧有名④。

① 皇家禁苑中，桃月春盛，众嫔妃宫女在此春游，自然喜气洋洋。这首诗描摹其美颜神韵，写得玉润珠圆，直是呼之而欲出。

②“上苑”，供帝王玩赏、打猎的园林。唐时上苑在长安城北。“兰闺”，汉宫殿名，即兰林殿，后妃所居。“春情”，春日的情景和意兴。

③“偷面色”“学身轻”，桃花丽质，而偷兰闺艳妾之明艳，嫩柳扶风，而学兰闺艳妾之身轻，以物拟人，更见人之美丽。

④ 这两句是双关语，既言上苑物态之出众，亦寓兰闺艳妾之美艳；“风流”，仪表，风度。

杨太真

杨太真（719—756），蒲州永乐（今山西芮城）人，小名玉环，杨玄琰女，晓音律，善歌舞，初为寿王李瑁妃，后被玄宗度为道士，号太真。入宫后，大得宠幸，被封为贵妃，姊妹皆显贵，堂兄杨国忠为相，败坏朝政。安禄山乱起，随玄宗奔蜀，至马嵬，六军不发，诛杨国忠，太真亦被缢死。《全唐诗》编其诗一首。

赠张云容舞①

罗袖动香香不已②，红蕖袅袅秋烟里。轻云岭上乍摇风，嫩柳池边初照水③。

① 题下原注："云容，（杨贵）妃侍儿，善为霓裳舞，妃从幸绣岭宫（即华清宫）时，赠此诗。"

②"罗袖"，丝织品裁成的（舞衣）长袖。罗，质地松软、组织显椒眼纹的丝织品。"香"，香艳，指张云容。

③ 此三句，皆是状张云容舞动之姿。"蕖"，芙蕖，荷花的别称。"袅袅"，摇曳貌。"秋"，指阴历七月。吴俗以六月二十四日为观莲节，亦名荷花的生日。在北方，荷花盛开方在七月。故曰"秋"。

此诗乃杨贵妃赞美张云容绝妙舞姿的，全用比喻，今且作歌以解之：长袖拂面为君起，怡然舞动一身香。恰似芙蓉初出浴，新秋烟里呈艳妆。又似轻云出岭上，仙气舒卷自张扬。还似嫩柳舞细腰，水边初照韵味长。妙人妙姿乘妙曲，美哉云容舞霓裳。

袁　朗

袁朗，长安人，好属文。初仕陈，为太子洗马；再仕隋，为仪曹郎；入唐，授齐王文学，转给事中。贞观初卒。太宗称其谨厚。《全唐诗》编其诗四首。

和洗掾登城南坂望京邑[①]

二华连陌塞，九陇统金方[②]。奥区称富贵[③]，重险擅雄强。
龙飞灞水上，凤集岐山阳。神皋多瑞迹，列代有兴王[④]。
我后膺灵命，爰求宅兹土[⑤]。宸居法太微，建国资天府[⑥]。
玄风叶黎庶，德泽浸区宇[⑦]。醒醉各相扶，讴歌从圣主。
南登少陵岸[⑧]，还望帝城中。帝城何郁郁，佳气乃葱葱[⑨]。
金凤凌绮观，璇题敞兰宫[⑩]。复道东西合，交衢南北通[⑪]。
万国朝前殿，群公议宣室[⑫]。鸣佩含早风，华蝉曜朝日[⑬]。
柏梁宴初罢，千钟欢未毕[⑭]。端拱肃岩廊，思贤听琴瑟[⑮]。
逶迤万雉列，隐轸千闾布[⑯]。飞甍夹御沟[⑰]，曲台临上路。
处处歌钟鸣，喧阗车马度[⑱]。日落长楸间，含情两相顾。
是月冬之季[⑲]，阴寒昼不开。惊风四面集，飞雪千里回。
狐白登廊庙，牛衣出草莱[⑳]。讵知韩长孺，无复重然灰[㉑]。

① 这首诗是和洗（xiǎn，今作冼）掾（yuàn）之诗的，描写了京城的雄丽。“城南坂”，即长安城南的少陵原。坂，山坡，斜坡。掾，古代属

官的通称。

②“二华”，指华山和少华山。“九陇”，陇即陇山，亦名陇坂，因北朝民歌《陇头流水歌辞》中有“西上陇坂，羊肠九回”之句，故称九陇。陇山绵亘于今陕西陇县、宝鸡和甘肃镇原、秦安诸县，为关中西部之险塞。“金方”，西方。金，五行之一，于位为西，故云。

③“奥区”，内地，腹地。班固《西都赋》：“防御之阻，则天下之奥区焉。”注云：“奥，深也。言秦地险固，为天下深奥之区域。”

④“龙飞”句，汉元年冬十月，刘邦至霸上，接受秦王子婴的投降。龙飞，比喻皇帝的兴起或即位。“凤集”句，相传殷商末年，有凤凰鸣于岐山，预兆岐周的兴盛。岐山，山名，地在今陕西岐山县北。“神皋”，京畿一带的良田。“列代”，指周、秦、汉、隋。

⑤“我后”，我朝（指唐朝）的天子。后，天子。“膺”，受，当。“灵命”，指上天之命。“爰”，于是。“宅兹土”，以秦中长安为宅。兹，这里。

⑥“宸居”，帝王的居处。“太微”，星垣名。三垣之一。《史记·天官书》：“南宫朱鸟；权、衡，太微，三光之廷。”《索隐》：“宋均曰：太微，天帝南宫也。”“建国”，指建立唐朝。“资”，凭借，依托。“天府”，指关中。《战国策·秦一》：“大王之国，……田肥美，民殷富，战车千乘，奋击百万，沃野千里，蓄积饶多，地形便利。此谓天府，天下之雄国也。”

⑦“玄风”，谈玄的风气。指论道家义理之言。“叶”，和，合。“黎庶”，百姓。“区宇”，疆土境域。区，指疆域；宇，指上下四方。

⑧“少陵”，汉宣帝皇后陵，地在长安城东南。“岸”，水边高起之地。

⑨“郁郁”，气盛貌。“葱葱”，茂盛貌。

⑩“金凤”，建章宫外阙之上立有棱之觚，觚上有金铸的凤凰。“璇题”，

玉饰的椽头。“兰宫”，芳香高雅的宫室。

⑪“复道”，楼阁间有上下两重通道而架空者称复道。“衢”，四通八达的道路。

⑫“万国”，此指各国的使节。“前殿”，指太极宫中的太极殿。“宣室”，汉殿名，是皇帝斋戒的地方，代指唐殿。

⑬“鸣珮”，古人佩带在腰间的玉饰，行走时相击发声。珮，玉佩，佩带的饰物。“华蝉”，古代王公显贵冠上之饰物，就是冠上加黄金珰，附蝉为文，貂尾为饰，因称貂蝉。喻达官显贵。“曜”，照耀，炫耀。

⑭“柏梁”，汉时台名。在汉长安城中北阙。《三辅旧事》云：“以香柏为梁也。（汉武）帝尝置酒其上，诏群臣和诗，能七言者乃得上。”此处以汉代唐。“钟”，酒杯。

⑮“端拱”句，是说臣子拱手肃立岩廊下。“岩廊”，高峻的殿庑。汉以后用以比喻庙堂和朝廷。

⑯“逶迤”，弯曲而延续不断貌。“雉”，雉尾扇，古仪仗之一。“轸”，车。“闾”，门里。这句是说出席宴会官员的车都隐在宫外道也。

⑰“飞甍（méng）”，高屋脊，比喻高大的屋宇。此处指宫殿。“御沟”，流入宫中的河道，也称杨沟、羊沟。

⑱“喧阗”，哄闹声。以下写作者对冼掾处境的感慨和希望。

⑲“是月”，即作者和冼掾登城南坂望京邑之月。“冬之季”，阴历十二月。

⑳“狐白”，狐腋下的白毛。指精美的狐裘。喻当权者。“廊庙”，喻朝廷。“牛衣”，为牛御寒之物，如蓑衣之类，以麻或草编成。“草莱”，田野，喻未出仕者。此写冼掾的处境。

㉑“讵知”，岂知。讵，难道、岂。“重然灰”，比喻失势的人重新得势。《史记·韩长孺列传》：“安国（安国系其名，长孺系其字）坐法抵

罪，蒙狱吏田甲辱安国。安国曰：‘死灰独不复然乎？’田甲曰：‘然即溺之。’”然即燃。后来韩长孺为梁国内史，秩二千石。田甲肉袒谢罪。此处以韩长孺喻洗掾。

卢照邻

卢照邻（637？—680？），字升之，幽州范阳（县名，在今河北涿州一带）人。曾任邓王（李元裕）府典签，后调新都尉，因染风疾（风痹症，一说即麻风），辞官。居太白山，服丹中毒，手足残废，乃去阳翟具茨山（在今河南禹县北），自号幽忧子，终于不堪疾病折磨，自投颍水死。《全唐诗》编其诗二卷。

长安古意[①]

长安大道连狭斜，青牛白马七香车。玉辇纵横过主第，金鞭络绎向侯家[②]。龙衔宝盖承朝日，凤吐流苏带晚霞。百尺游丝争绕树，一群娇鸟共啼花[③]。游蜂戏蝶千门侧，碧树银台万种色。复道交窗作合欢，双阙连甍垂凤翼[④]。梁家画阁中天起，汉帝金茎云外直[⑤]。楼前相望不相知，陌上相逢讵相识[⑥]。借问吹箫向紫烟，曾经学舞度芳年。得成比目何辞死，愿作鸳鸯不羡仙[⑦]。比目鸳鸯真可羡，双去双来君不见？生憎帐额绣孤鸾，好取门帘帖双燕[⑧]。双燕双飞绕画梁，罗帷翠被郁金香。片片行云著蝉鬓，纤纤初月上鸦黄[9]。鸦黄粉白车中出，含娇含态情非一。妖童宝马铁连钱，娼妇盘龙金屈膝[10]。御史府中乌夜啼，廷尉门前雀欲栖[11]。隐隐朱城临玉道，遥遥翠幰没金堤[12]。挟弹飞鹰杜陵北，探丸借客渭桥西。俱邀侠客芙蓉剑，共宿娼家桃李蹊[13]。娼家日暮紫罗裙，清歌一啭口氛氲。北堂夜夜人如月，南陌朝朝骑似云[14]。南陌北堂连北里，五剧三条控三市。弱柳青槐拂地垂，佳气红尘暗天起[15]。汉代金吾千骑来，翡翠屠苏鹦鹉杯。罗襦宝带为君解，燕歌赵舞为君开[16]。别有豪华称将相，转日回天不相让。意气由来排灌夫，专权判不容萧相[17]。专权意气本豪雄，青虬紫燕坐春风。自言歌舞长千载，自谓骄奢凌五公[18]。节物风光不相待，桑田碧海须臾改。昔时金阶白玉堂，即今惟见青松在[19]。寂寂寥寥扬子居，年年岁岁一床书。独有南山桂花发，飞来飞去袭人裾[20]。

①“古意”，意为拟古之作。作者对当时（唐高宗时）形形色色的社会现象和矛盾不好明言，遂借“汉代”以说之；典型是在都城，遂用“长安”以概之。说之概之，为有刺时之深意。此诗敢突破初唐浮艳诗风，气粗语大，实为杰构。

②这四句写长安道上香车宝马络绎往来于贵豪人家。“狭斜”，小巷。“七香车”，用多种香料涂饰的车。“玉辇”，本属帝王车乘，此处泛指贵人所乘之车。“主第”，公主的宅第。“侯”，古代五等爵位的第二等。

③ 这四句写香车宝马往来不断，在春日里追欢逐乐。“龙衔宝盖”，车盖的支柱雕成龙形，龙口好像衔着车盖。“宝盖”，即华盖车上所竖的伞状车篷。“凤吐流苏”，车盖上的凤凰，嘴边挂着流苏，犹如凤口吐出。流苏，下垂的穗子。以五彩羽毛或丝线制成，常用作车马、帷帐等的垂饰。“游丝”，蜘蛛或其他虫类所吐之丝，飞扬于空者，称游丝。

④ 这四句写汉宫阙之壮观。“千门”，指宫门。“复道”，见袁朗《和洗掾登城南阪望京邑》注①。“交窗”，用木条制成图案的窗，即花格子窗。“作合欢”，格子连成合欢花的图案。“双阙”，汉未央宫有东阙、北阙。“甍”，屋脊。“垂凤翼”，指对峙的双阙，好似凤凰的双翼。

⑤ 这两句写豪宅之壮观。“梁家”，东汉顺帝时外戚梁冀大造府第于洛阳，楼阁相连。这里借指长安豪贵之家。“金茎”，即建章宫内铜柱。汉武帝好神仙，在建章宫内筑神台，台高五十丈，上有铜柱，高二十丈，上有仙人掌、承露盘。“天中”“云外”，状楼阁之高也；何物可比，汉宫之铜柱也。

⑥ 这两句承“梁家”句，写楼前有一男子望见楼上一美女顿生爱慕之心。“相望不相知”，抱憾也；“相逢不相识”，陌生也。“讵”，岂。

⑦ 这四句写那“楼前相望”者的热恋之心，若能得到楼上的美女，平生之望足矣。“借问”，向人打听。“吹箫”，传说秦穆公的女儿弄玉从丈夫萧史吹箫作凤鸣。秦穆公筑凤台使之居住，后来他们二人都成仙飞去。“向紫烟”，指飞升。紫烟，云彩。这句是借仙女弄玉，指楼前男子所打听到的仙颜般的美女。“比目”，鱼名。即鲽。此鱼在成长中双目逐渐移向头部的左侧或右侧，故一侧无目。旧谓此鱼须两两相并始能游行，古典文学作品中用作恩爱夫妻的比喻。

⑧ 这四句写楼上那位美女（其实是舞女）的心思，她也希望得到幸福的爱情。“君不见”的“君”字系泛指。“生憎”，极为讨厌、憎恨。“生”，极，偏。“帐额”，帐前顶端所挂的横幅。“孤鸾”，象征独居。“双燕”，象征夫妻。

⑨ 这四句写那舞女的住居和打扮。“翠被”，用翠鸟羽毛织成的被子。“郁金香”，香草名，香气闻数十步，是一种名贵的香。“行云”，形容发式宛如流动的云彩。“蝉鬓”，一种发式，即将两鬓梳得像蝉翼。“鸦黄”，唐代妇女涂额的黄粉，嫩黄色。“纤纤”，柔美貌。“初月上鸦黄”，妇女在额上用鸦黄色画上初月形状，以显美观。

⑩ 这四句写歌童舞女随从主人，出行亦是香车宝马。“妖童”，指贵家的歌童。“铁连钱”，青色有圆钱形斑纹的马。“娼妇”，指豪贵之家的歌舞女，与下文的娼家稍异。“屈膝”，门窗上的环纽、搭扣。其形如人屈膝状，故名。“盘龙”，屈膝上的雕纹。

以上三十二句写豪贵骄奢，狭邪艳冶，宫室富丽。又插叙舞女们的生活。

⑪ 这两句暗寓执法官员不能行使权力。“御史”，朝廷掌弹劾的官员。“乌夜啼”，《汉书·朱博传》：时御史“府中列柏树，常有野乌数千栖宿其上，晨去暮来，号曰‘朝夕乌’”。“廷尉”，掌刑法的官员。《史记·汲郑列传》说：“始翟公为廷尉，宾客阗门；及废，门外可设雀罗。”

⑫“朱城”，宫城。“幰（xiǎn）”，车前的帷幔。“金堤”，坚固的石堤。这两句写黄昏时朱城隐隐翠幰隐没，表明时间已经进入暮夜。

⑬ 这四句写豪纵任侠的子弟俱邀侠客共宿娼家。“挟弹飞鹰”，指打猎。“杜陵”，汉宣帝陵墓，在长安城东南。“探丸借客”，指杀吏和助人报仇等蔑视法律之任侠行为。《汉书·尹赏传》记载，长安少年有专门刺杀官吏为人报仇的组织。每次杀人前，设赤、白、黑三色弹丸，使

各人探取。得赤丸者杀武吏，得黑丸者杀文吏，得白丸者为行动中死去的同伙料理丧事。借客，是“借客报仇”之略文，即代人报仇。“渭桥”，唐时长安附近渭水之桥有三：中渭桥，在长安北；东渭桥，在长安东北；西渭桥，在长安西。此处为泛指。“芙蓉剑”，春秋时越国所铸的宝剑，即纯钩剑。传说秦客薛烛善相剑，曾评价越王的纯钩剑“如芙蓉始生于湖”（见《吴越春秋》）。这里泛指宝剑。“桃李蹊”，桃李树下的小径。以其指娼家住处，一因桃李可喻艳色，二因桃李不言，下自成蹊，暗示那里是寻欢作乐之处。

⑭ 这四句写娼家之热闹。“啭”，宛转唱歌。“氛氲”，盛貌。此处指香气浓郁。“北堂”，古代居室在房的北边的北堂，为妇女盥洗的地方。此处指娼家内室。“南陌”，指娼家门外。“人如月”，言娼女美貌也；“骑似云”，言来客众多也。

⑮ 这四句是写娼家众多艳窟招风也。“北里”，即平康里，在唐代系妓女聚居之地，因地近北门，又称北里。“剧”，道路交错。“条”，通达的道路。“市”，商业繁盛之街市。“佳气红尘”，指娼家艳帜高张所引来的车马杂沓的热闹气氛。

⑯ 这四句写大批禁军军官，放弃职守而来娼家寻欢作乐。“金吾”，即执金吾。官名，掌管京师治安。这里泛指禁军的军官们。“屠苏”，美酒名。“翡翠”，状酒之颜色为碧绿色。“鹦鹉杯”，用鹦鹉螺（状似鹦鹉的一种海螺）加工制作的酒杯。“襦”，短衣。“燕歌赵舞”，古燕赵地区歌舞著名，故云。此处泛指美妙之歌舞。

以上十二句，写王孙公子和侠客追逐淫逸腐朽的夜生活。

⑰ 这四句写将相的骄横和水火不容。“转日回天”，形容权力极大。“不相让”，指这些权贵们相互倾轧，彼此不容。“灌夫”，汉武帝时将军，刚直不阿，使酒任侠，被丞相田蚡所陷，族诛。“判”，同“拚”。

"萧相"，指萧望之。其在汉宣帝时为御史大夫、太子太傅，元帝时为前将军。"天子方欲以为丞相"时，萧望之遭时任中书令的宦竖石显所陷，入狱而自杀，自杀前曾仰天浩叹，有"吾尝备位将相"之语。（见《汉书·萧望之传》）

⑱ 这四句写得势者不可一世之气焰。"虬（qiú）"，传说中的一种龙。屈原《涉江》："驾青虬兮骖白螭，吾与重华游兮瑶之圃。"这里借指骏马。"紫燕"，骏马名。"五公"，指汉代著名权贵张汤、杜周、萧望之、冯奉世、史丹。（见《文选》班固《西都赋》李善注）

⑲ 这四句写沧海桑田，骄横的权臣们荒冢一堆草没了。"沧海桑田"，沧海变桑田，桑田变沧海，比喻世事变化很大。

以上十二句写权臣们的倾轧和骄横，当是借古而对初唐时事意有所指。清代沈德潜《唐诗别裁》曰："长安大道，豪贵骄奢，狭邪艳冶，无所不有。自娈宠而侠客，而金吾，而权臣，皆向娼家游宿，自谓可永保富贵矣。然转瞬沧桑，徒存墟墓。"

⑳ "扬子"，扬雄，西汉辞赋家，著有《太玄》《法言》。仕途不得意，却以文学名世。作者写此有自况意。"南山"，即终南山。"桂花"，这里以桂花的香气喻扬雄的文名世代流芳。"裾"，衣前襟。此四句以扬雄穷愁著书作结，既寓有对庸俗骄奢之徒的指斥和对不遇时者的同情，也寓有著述聊以自慰和对繁华不屑一顾之意。

元日述怀①

筮仕无中秩②，归耕有外臣。人歌小岁酒，花舞大唐春。
草色迷三径③，风光动四邻。愿得长如此，年年物候新。

①“元日”，正月初一。题一作《明月引》。

②“筮（shì）仕”，古人将出仕，先占吉凶，谓之筮仕。“中秩”，中级官职。

③“三径”，西汉末，王莽专权，兖州刺史蒋诩告病辞官，隐居乡里，于院中开三径，唯与求仲、羊仲来往，事见晋赵岐《三辅决录·逃名》。后常用三径指家园。

崔日用

崔日用，滑州灵昌人，举进士。大足元年，为宗楚客所荐，擢新丰尉，神龙中，附宗楚客、武三思，骤迁兵部侍郎兼修文馆学士。复预讨韦庶人（即中宗韦后）谋，授黄门侍郎，参知机务。开元中，拜吏部尚书，终并州大都督长史。《全唐诗》编其诗九首。

奉和立春游苑迎春应制[①]

乘时迎气正璇衡，灞浐烟氛向晚清[②]。剪绮裁红妙春色，宫梅殿柳识天情。瑶筐彩燕先呈瑞，金缕晨鸡未学鸣[③]。圣泽阳和宜宴乐，年年捧日向东城[④]。

① 此诗系奉和唐中宗李显《立春日游苑迎春》之作。“和（hè）”，依照别人的诗词的题材和体裁所作的诗词称和。“制”，帝王的命令。

②“乘时”，及时。“迎气”，祭迎五帝，祈求丰年。每年立春、立夏、立秋前十八日、立秋、立冬依次祭东、南、中、西、北五方之神，算是迎接节令的到来。其中立春之日，迎春于东郊，祭青帝（东方之神）和句芒（木盛在春，故又称木神为句芒）。（见《后汉书》志九《祭祀·迎春》）“璇衡”，即璇玑玉衡，古时以玉为饰的天体观测仪器，是浑仪的前身。“灞浐”，二水名，皆源出终南山中，流经长安东后，浐水汇入灞水，北注入渭。

③“瑶筐”句，《吕氏春秋》载：“有娀氏有二佚女，为之九成之台，饮食必以鼓。帝（即帝喾）令燕往视之，鸣若谥隘，二女爱而争搏之，覆以玉筐。少选，发而视之，燕遗二卵，北飞，遂不返。”瑶筐，即玉筐。用此典，意为政治清明，故祥瑞纷呈。亦寓吹捧唐中宗德比帝喾，可以踵武三皇五帝之意。“彩燕”“金鸡”，唐时风俗，人日和立春两个节日时，女性要用彩色绫罗剪出春燕和鸡等形象，簪在发髻上，表示迎春之意。

④“圣泽”，皇帝的恩泽。“阳和”，春天的暖气。“捧日”，旧时以日喻帝王，因以捧日指拥戴。

张九龄

张九龄（678—740），一名博物，字子寿。韶州曲江（今广东韶关）人。擢进士第，为右拾遗，累官至中书侍郎同中书门下平章事，迁中书令。是玄宗朝的名相。他正色立朝，谔谔有大臣节。曾预料安禄山的反叛，请诛之，以绝后患，不许。玄宗后奔蜀，深悔不听其忠告，为泣下。后来为李林甫所谮，罢相，贬荆州长史。张九龄以文自娱，文自有格，超越当时风气，明代胡震亨评其首创清淡之派。有《曲江集》。《全唐诗》编其诗三卷。

登总持寺阁①

香阁起崔嵬，高高沙版开②。攀跻千仞上，纷诡万形来③。
草间商君陌，云重汉后台④。山从函谷断，川向斗城回⑤。
林里春容变，天边客思催。登临信为美，怀远独悠哉⑥。

①“总持寺”，寺名。位于唐长安城西南隅的永阳坊（故址在今西安市西南郊木塔寨附近）。“阁”，指总持寺的楼阁。

②“香阁”，佛家谓有国名众香，佛号香积，其界一切，皆以香作楼阁。（参阅《维摩诘所说经》下）“崔嵬”，高耸貌。“沙版”，用丹砂画饰的板壁。

③“攀跻”，攀登。跻，登。“仞”，古代长度计量单位，一仞相当于七尺或八尺。千仞，极言寺阁之高。“纷诡”，杂而奇异。

④“商君”，即公孙鞅。战国时人，曾相秦十九年，助秦孝公变法，以封于商，被称为商鞅或商君。“陌”，田间小路。“汉后台”，指神明台，在汉建章宫内，高五十丈，台上有铜柱，上有仙人掌承露盘。

⑤“山”，指秦岭。“函谷”，函谷关。在今河南灵宝市东北，以其东自崤山，西至潼津，深险如函，故名。“斗城”，指汉长安城，城在渭水之滨。《三辅黄图》汉长安古城条下谓：“城南为南斗形，北为北斗形，至今人呼汉京城为斗城。”

⑥“信为美”，的确是美。信，的确。“悠哉”，闲适。

宋之问

宋之问（约651—712），字延清，一名少连。虢州弘农（今河南省灵宝市）人。一说汾州（今山西汾阳）人。高宗上元二年（675）进士及第。武后时官尚方监丞。后因谄事武则天内宠张易之，被贬为泷州（州治在今广东罗定市南）参军。后逃归，匿于张仲之家，闻仲之欲谋杀武三思，乃告变，擢鸿胪主簿，迁考功员外郎。复媚太平公主，因主持贡举受贿，贬越州长史。睿宗立，以其无悛悟之心，流钦州，赐死。宋之问诗音韵婉转，属对精密，文字靡丽，讲究声律，对律诗形成有一定影响，他的诗与沈佺期齐名，时号“沈宋”。《全唐诗》编其诗三卷。

长安道①

秦地平如掌，层城出云汉②。楼阁九衢春，车马千门旦③。绿柳开复合，红尘聚还散。日晚斗鸡场，经过狭斜看④。

① 此诗写长安道上之所见，红尘滚滚，正衬帝都之繁华。一作沈佺期诗。

② “秦地”句，言秦川之地非常平坦，以此状秦川，绝佳。“层城”，指京城。“入云汉”，高入云霄。

③ “九衢”，四通八达的道路。“旦”，天明，早晨。

④ “斗鸡”，以鸡相斗的嬉戏，在唐代盛行。“狭斜”，小街曲巷。也作“狭邪”。

杜审言

杜审言（约645—708），字必简，祖籍京兆杜陵（地在今陕西省西安市长安区），生于襄阳，从父亲起迁居巩县（今河南巩义），咸亨元年（670）进士及第，任洛阳丞，坐事贬吉州司户参军。武后时，授著作佐郎，迁膳部员外郎。神龙初，因曾交通武后内宠张易之，流放峰州。入为国子监主簿、修文馆直学士。有《杜审言集》。与李峤、崔融、苏味道为“文章四友”。诗存四十馀首。多律体，七言虽未完全合律，五言却已完全成熟。故明代胡应麟云：“初唐无七律，五言皆未超然，二体之妙，杜审言实为首倡。”《全唐诗》编其诗一卷。

望春亭侍游应诏①

帝出明光殿，天临太液池②。尧樽随步辇，舜乐绕行麾③。
万寿祯祥献，三春景物滋④。小臣同酌海，歌颂答无为⑤。

①“望春亭”，在大明宫太液池中蓬莱山上。

②“明光”，汉代殿名。后也泛指宫殿。天，指皇帝。“太液池”，在大明宫含凉殿后，波光二百馀亩，风景如画。

③这两句以尧舜喻中宗。樽，盛酒器。“步辇”，见李隆基《春台望》注⑭。“麾”，旌旗之属，作指挥之用。

④“祯祥”，吉兆。“滋”，增长。

⑤“小臣”，作者自指。“酌海”，指饮酒。“无为”，儒家指以德政感化人民，不施行刑治。

苏味道

苏味道（648—705），赵州栾城（今属河北省）人，乾封年间登进士第。少年时与乡人李峤俱以文辞知名，称为“苏李”。武则天时官至凤阁侍郎。居相位数载，凡事不断，曾对人说：“决事不欲明白，说则有悔，模棱持两端可也。”时人称“苏模棱”。后贬眉州刺史。《全唐诗》编其诗一卷。

正月十五夜①

火树银花合，星桥铁锁开②。暗尘随马去，明月逐人来。
游伎皆秾李，行歌尽落梅③。金吾不禁夜，玉漏莫相催④。

① 题一作《上元》。《大唐新语》云：中宗神龙年间（705—707），京城正月十五夜，举行文士赋诗活动，参加者数百人，唯苏味道、崔液、郭利贞三人为绝唱。其作品无阿谀之作，只写游乐和赏灯，故可贵。

②“火树银花”，形容灯火之盛。指元夜灯市。“星桥”句，言城门晚上打开。唐时规定，京城夜间城门关闭，唯正月十四至十六，城门不上锁。星桥，吊桥，桥下为护城河，十五夜水映星光，故称星桥。

③“伎”，歌女，舞女。“秾李”，即秾桃艳李的省称，代指美艳之女。“伎”，一作“骑”。“落梅”，即落梅花，羌族乐曲名。又名梅花落。

④“金吾”，指执金吾，官名。金吾为两端流金的铜棒，此官执之以示权威，为督巡京城治安的长官。“漏”，古时计时之器。

崔　液

崔液，字润甫，崔湜之弟，籍贯定州（今属河北），工五言诗，官至殿中侍御史。《全唐诗》编其诗十二首。

上元夜六首（选一首）①

玉漏银壶且莫催②，铁关金锁彻明开③。谁家见月能闲坐，何处闻灯不看来。

①这首诗是该组诗六首中的第一首，写上元夜长安城中观灯的盛况。“上元”，阴历正月十五日为上元节。十五夜称元夜、元夕、元宵。

②“漏”“壶”，古代的计时器具。“且莫催”，意谓时间不要过得太快。

③“铁关”句，谓长安城元夜不实行宵禁，城门彻夜开放。

骆宾王

骆宾王（约640—约684），婺州义乌（今属浙江省）人。初为道王（李元庆）府属，历武功、长安主簿。武后时，数上疏言事，被贬临海县丞，怏怏不得志，弃官去。徐敬业起兵反对武后，宾王代他作《讨武曌檄》，斥武后罪状，一时传诵。武后读之，矍然叹曰：“宰相安得失此人！”宾王为初唐四杰之一，其诗格高旨远，整炼稹密，虽妙于五言，然更擅七言歌行。有《骆临海全集》传世。《全唐诗》编其诗三卷。

帝京篇[1]

山河千里国，城阙九重门[2]。不睹皇居壮，安知天子尊。皇居帝里崤函谷[3]，鹑野龙山侯甸服[4]。五纬连影集星躔，八水分流横地轴[5]。秦塞重关一百二，汉家离宫三十六[6]。桂殿嵚岑对玉楼，椒房窈窕连金屋[7]。三条九陌丽城隈，万户千门平旦开[8]。复道斜通鳷鹊观，交衢直指凤凰台[9]。剑履南宫入，簪缨北阙来[10]。声名冠寰宇，文物象昭回[11]。钩陈肃兰戺，璧沼浮槐市[12]。铜羽应风回，金茎承露起[13]。校文天禄阁，习战昆明水[14]。朱邸抗平台，黄扉通戚里[15]。平台戚里带崇墉，炊金馔玉待鸣钟[16]。小堂绮帐三千户，大道青楼十二重[17]。宝盖雕鞍金络马，兰窗绣柱玉盘龙[18]。绣柱璇题粉壁映[19]，锵金鸣玉王侯盛。王侯贵人多近臣，朝游北里暮南邻。陆贾分金将宴喜，陈遵投辖正留宾[20]。赵李经过密，萧朱交结亲[21]。丹凤朱城白日暮，青牛绀幰红尘度。侠客珠弹垂杨道，倡妇银钩采桑路[22]。倡家桃李自芳菲，京华游侠盛轻肥[23]。延年女弟双凤入，罗敷使君千骑归[24]。同心结缕带，连理织成衣。春朝桂尊尊百味，秋夜兰灯灯九微[25]。翠幌珠帘不独映[26]，清歌宝瑟自相依。且论三万六千是，宁知四十九年非[27]。古来荣利若浮云，人生倚伏信难分。始见田窦相移夺，俄闻卫霍有功勋[28]。未厌金陵气，先开石椁文[29]。朱门无复张公子，灞亭谁畏李将军[30]。相顾百龄皆有待，居然万化咸应改。桂枝芳气已销亡，柏梁高宴今何在[31]。春去春来苦自驰，争名争利徒尔为。久留郎署终难遇[32]，空扫相门谁见知[33]。当时一旦擅豪华，自言千载长骄奢。倏忽抟风生羽翼，须臾失浪委泥沙[34]。黄雀徒巢桂，青门遂种瓜[35]。黄金销铄素丝变，一贵一贱交情见[36]。红颜宿昔白头新，脱粟布衣轻故人[37]。故人有湮沦，新知无意气[38]。灰死韩安国，罗伤翟廷尉[39]。已矣哉，归去来。马卿辞蜀多文藻，扬雄仕汉乏良媒[40]。三冬自矜诚足用，十年不调几邅回[41]。汲黯薪逾积[42]，孙弘阁未开[43]。谁惜长沙傅，独负洛阳才[44]。

① 本篇写帝京长安。京都文物之繁华，豪贵宅第之富丽，倡家宴饮之逸乐，皆活现于作者笔下。诗中的内容和境界，自见了作者骨气之傲然，意象之超然。与卢照邻《长安古意》并为初唐仅有之大篇。

②“千里国”，《史记》谓关中“金城千里”，此处指京畿。“城阙”，城市。“九重门”，言帝城有九重门，即路门、应门、雉门、库门、皋门、城门、近郊门、远郊门、关门。

③“崤函谷”，崤，崤山，在今河南省洛宁县西北。函，函谷关。秦时故关，在灵宝境。

④“鹑野”，鹑，星次名。指朱雀七宿中的井、鬼二宿。古时将星空的划分和地面区域相联系，地面的某区域在星空的某范围内，称作“分野”。“鹑首”，古以为秦之分野，指秦地。“鹑野”，指关中。“龙山”，地名，也叫龙首山、龙首原，在长安城北一带，东起浐河岸，呈东北、西南走向，犹如一龙横卧，原的东段高二十丈，如龙头饮水，西段逐渐降低，原尾高五六丈，东西长约六十里。相传曾有黑龙

出南山至渭河饮水，其行迹就成了一道土山，故名龙首原或龙首山。（据《三秦记》）唐大明宫正是建在龙首山上。“侯甸服”，侯服和甸服，古代近畿之地。侯服，古代称离王城一千里外的方五百里之地称侯服，又其外方五百里之地称甸服。

⑤“五纬”，金、木、水、火、土五大行星，合称五纬。“星躔（chán）”，星宿的位置、次序。躔，天体的运行。“八水”，指长安周围的八条河流，即泾、渭、浐、灞、沣、滈、涝、潏。“地轴”，古代传说大地有轴。即指大地的中心。经现代科学证明，长安是中国大地原点，其确切位置在长安城北不远处的泾阳县永乐镇。

⑥“秦塞”句，言关中四塞险固，二万人足以当诸侯百万人。“离宫”，见李世民《秋日翠微宫》注②。

⑦“桂殿”，即桂宫，汉宫名。在未央宫北，亦曰北宫。“嵚岑”，高耸貌。“椒房”，汉皇后所居的宫殿，以椒和泥涂壁，取温、香、多子之意。“窈窕”，深邃貌。“金屋”，极言屋之华丽。“岑”，一作“崟”。

⑧“三条九陌”，指长安城中之大道。“丽城隈”，附着在城的曲深之处。丽，附着。隈，曲深处。“万户千门”，形容宫室之多。

⑨“复道”，见卢照邻《长安古意》注④。“鳷（zhī）鹊”，汉宫观名。在长安甘泉宫外。“衢”，四通八达之路。“凤凰台”，古台名。传说秦穆公在女儿弄玉与萧史吹箫引凤的地方筑台，名曰“凤台”。

⑩“剑履”，指得到皇帝许可，佩剑上朝时不去剑的大臣。“簪缨”，古代官吏的冠饰，因以喻显贵。

⑪“文物”，旧指礼乐典章制度。“昭回”，比喻日月的光辉。

⑫“钩陈”，星名。最近北极，谓之极星。这里指仿照钩陈星的位置建造的宫卫。“戺（shì）”，堂前阶石的两端。“璧沼”，璧形的圆池。“槐市”，汉长安市场名。在城东南。因其地多槐，故名。是诸生买卖货

物和书籍、乐器的地方。

⑬“铜羽”句，指铜乌，测风器。《三辅黄图》五：“长安宫南有灵台……又有相风铜乌，遇风乃动。”“金茎”，见卢照邻《长安古意》注⑤。

⑭“天禄阁”，汉殿阁名，是藏典籍之所。刘向、扬雄曾先后校书于此。“昆明水”，即昆明池，在长安西南，武帝仿滇池所作，用以操练水战。

⑮“朱邸”，汉制，诸侯朝天子在京师立舍名邸。诸侯王以朱红漆门，故称朱邸，后亦泛指大官豪门的宅第。“抗”，对。“平台”，古迹名，故址在今河南商丘市北，相传鲁襄公十七年宋皇国父所筑。汉文帝之子梁孝王武“大治宫室，为复道，自宫连属于平台三十馀里”（《汉书·文三王传》）。这句是说，长安城朱邸之规模可与梁孝王武的宫室不相上下。“黄扉”，禁门。“戚里”，帝王外戚所居之处。

⑯“崇墉”，高大的城墙。墉，城墙。“炊金馔玉”，形容饮宴的豪奢珍贵。“鸣钟”，古时显贵人家吃饭时击钟奏乐。

⑰“小堂”，规模较小的娱乐场所。“绮帐”，用绮罗所作的帷帐。“青楼”，指显贵人家之闺阁。

⑱“宝盖”，华美的车盖。“雕鞍金络马”，盛饰的鞍马。雕，刻镂，引申为彩画，装饰。络，马笼头。“玉盘龙”，此处指柱子上的玉龙浮雕。

⑲“璇题”，玉饰的椽头。此处指柱头。题，头。

⑳“陆贾分金”，汉代大臣陆贾，将千金平分给五个儿子，然后常乘安车驷马及侍者到每个儿子家轮流居住，令其供酒食。（见《汉书·陆贾传》）“投辖”，汉代游侠陈遵，嗜酒好客，每大饮，宾客满堂，辄关门，取宾客车辖投井中，使其中途不能离去。辖，车厢两端的键，去辖则车不能行。

㉑“赵李”，指赵飞燕和李平。飞燕系成帝皇后，李平为成帝婕妤，二人皆出身卑微，婕妤得宠于前，飞燕夺宠于后。“经过密”，李平飞燕曾经关系甚好，后终反目。“萧朱”，指汉代萧育和朱博。二人初为知交，终则因隙成仇。后因以萧朱为交道不能善终的典故。这两句说赵李、萧朱交谊之深，亦寓其最终反目成仇之意。

㉒“丹凤”，丹凤城，指京城。“绀幰（gàn xiǎn）”，天青色的车缦。“珠弹”，用宝珠作的弹丸。“倡”，指歌舞艺人。

㉓“桃李”，形容妇女的美貌。“京华”，京城。“轻肥”，《论语·雍也》：“乘肥马，衣轻裘。”言其生活之豪奢放荡。

㉔“延年女弟”，汉武帝李夫人之兄李延年，性知音，善歌，武帝爱之。延年因有赞美其妹倾城倾国的歌，武帝召见，李夫人由是得幸。“女弟”，妹妹。“罗敷”，汉乐府《陌上桑》的主人公。“使君”，对太守的称呼，《陌上桑》诗中有罗敷对太守的指斥，随之有“东方千馀骑，夫婿居上头”句，可见“千骑归”的是罗敷之夫而非使君。

㉕“桂”，桂酒。“尊”，酒器。“兰灯”，即兰膏灯。兰膏，泽兰炼成的油，可点灯。“九微”，灯名。

㉖“翠幌”，翠绿色的帐子。

㉗“三万六千”，人生百岁，计三万六千日。“四十九年非”，指知道以前的过错。《淮南子·原道训》记载，春秋时卫国“蘧伯玉年五十，而知四十九年非”。

㉘“田窦相移夺”，西汉武帝时，武安侯田蚡和魏其侯窦婴俱系外戚。窦婴势衰后，田蚡得势，“天下吏士趋势利者，皆去魏其归武安，武安日益横”（《史记·魏其武安侯列传》）。“移夺”，权势的转移和争夺。“卫霍”，卫青与霍去病，卫系外戚，霍为卫之甥。汉武帝时二人击匈

奴有功，封将军。“俄”，不久，瞬间。

㉙“厌金陵气”，压金陵（今江苏南京）的气脉。“厌”，通“压”。《史记·高祖本纪》：“秦始皇帝常曰‘东南有天子气’，于是因东游以厌之。”秦遂将金陵改为秣陵。“石椁（guǒ）文”，石棺上的铭文。《庄子·则阳》：“狶（豨）韦曰，夫灵公（指卫灵公）也，死卜葬于古墓，不吉。卜葬于沙丘而吉。掘之数仞，得石椁焉，洗而视之，有铭焉，曰：‘不冯其子，灵公夺而里（埋）之。’”

㉚“张公子”，指汉时富平侯张放，他是汉成帝佞臣，“与上（指成帝）卧起，宠爱殊绝，常从为微行出游……积数年。”（《汉书·张汤传》）出游时，成帝“常与富平侯张放俱称富平侯家人”（《汉书·五行志·中之上》）。“李将军”，即李广。李广罢官后，隐居于蓝田南山中射猎。有一夜他与另一人骑马出，和别人田间饮酒归迟，还至霸陵亭，霸陵尉以不得夜行之由，不许通过，让他在亭下夜宿。“灞陵”，本作“霸陵”。

㉛“桂枝”，“桂林一枝”的缩语，喻出类拔萃。语出《晋书·郤诜传》。郤诜对晋武帝曰：“臣举贤良对策，为天下第一，犹桂林之一枝，昆山之片玉。”“柏梁高宴”，柏梁台，汉时台名，在长安城中北阙内。

㉜“久留郎署”，谓仕途艰难。郎署，官署名。郎，当时宿卫之官。署，部署之所。《汉武故事》记载，武帝过郎署，见颜泗龙（máng）苍眉皓发，问其故，颜泗龙答曰：臣文帝时为郎，文帝好文，而臣好武；至景帝好美，而臣貌丑；陛下即位好少，而臣已老。是以三世不遇，故老于郎署。

㉝“扫相门”，为丞相舍人扫门，以求引荐。据《史记·齐悼惠王世家》记载，魏勃欲求见齐相曹参，家贫无以自通，于是每天早晨扫齐相舍

人门外，舍人感到奇怪，魏勃对他说，欲见相国无门，想请他引见。于是舍人引魏勃见曹参，曹参让其也做了舍人。

㉞“抟风”，借风的力量。指借助外力。抟，持，凭借。“委泥沙”，喻失势。

㉟“黄雀”句，说王莽篡位只是徒然而已。成帝时《黄爵谣》云：“桂树花不实，黄爵巢其颠。”《汉书·五行志·中之上》：“桂，赤色，汉家象；华不实，无继嗣也。王莽自谓黄，象黄爵巢其颠也。”爵，同雀。“青门”句，广陵人召平为秦东陵侯，秦亡后为布衣，种瓜青门之外，人称其瓜为青门瓜或东陵瓜。“青门”，汉长安城东南门。本名霸城门，俗因门色青，呼为青门。泛指京城城门。

㊱“销铄”，销镕。“素丝”，白丝，素丝良马，旧时以此为礼遇贤士之词。“一贵”句，意谓从社会地位变化中，可以看出人与人交情的真伪。《史记·汲郑列传》：“一贵一贱，交情乃见。”

㊲“宿昔”，早晚。即或早或晚。“脱粟”，粗粮，糙米，言粗米仅脱壳而已。《西京杂记》载，汉代公孙弘“为丞相，故人高贺从之。弘食以脱粟饭，覆以布被”。“布衣”，庶民之服，也作为平民的代称。

㊳“湮沦”，埋没，沉没。“意气”，情谊，恩义。

㊴“灰死”句，见袁朗《和洗掾登城南坂望京邑》注㉑。“罗伤”句，《史记·汲郑列传》：“始翟公为廷尉，宾客阗门。及废，门外可设雀罗。”罗，捕鸟的网。

㊵“马卿”，指汉武帝时的司马相如，其字长卿，蜀郡成都人，著名辞赋家。武帝好其辞赋，召至长安为郎，终未大用。“文藻”，词采，文采。“扬雄”，字子云，蜀郡成都人，西汉末著名辞赋家，成帝时为给事黄门郎，“乏良媒”，缺乏得力人之推荐。扬雄自成帝时得官，后经

成帝、哀帝、平帝三朝，皆无升进。

㊶“三冬”句，三个冬季，即三年。《汉书·东方朔传》：东方朔“年十三学书，三冬，文史足用”。“自矜”，犹自夸。“调”，升迁。《汉书·张释之传》载，释之“与兄仲同居，以赀为骑郎，事文帝，十年不得调，亡（无）所知名”。“邅（zhān）回”，徘徊，周旋不进，引申指生活不顺当，多周折。

㊷“汲黯”，西汉武帝时大臣，被武帝誉为“社稷之臣”。《史记·汲郑列传》：“始黯列为九卿，而公孙弘、张汤为小吏。……已而弘至丞相，封为侯；汤至御史大夫，故黯时丞相史皆与黯同列，或尊用过之。黯褊心，不能无少望，见上，前言曰：‘陛下用群臣如积薪耳，后来者居上。’上默然。”薪，柴火，作燃料的木柴。

㊸“孙弘”，即公孙弘。汉武帝时大臣。《汉书·公孙弘传》：公孙弘“起徒步，数年至宰相封侯，于是起客馆，开东阁以延贤人，与参谋议”。“阁未开”，意谓尚未招贤纳士。

㊹“谁惜”二句，言无人重用贾谊。贾谊（前201—前169），汉洛阳人，文帝招为博士，迁太中大夫。贾谊改正朔，易服色，制法度，兴礼乐。又上疏陈政事，言时弊，为大臣所忌，出为长沙王太傅，迁梁怀王太傅，未能展其宏才，抑郁而死。

篇末八句，以卓才未能大用为憾，亦寓骆宾王难展其才之憾，更见意味深长。武后时，宾王数上疏言事，被贬临海丞，怏怏不得志，弃官去，徐敬业起兵欲反正，骆宾王为敬业作檄传天下，暴斥武后罪。后见读之，矍然曰：“谁为之?”或以宾王对，后曰：“有如此才不用，宰相过也。”

李　适

李适，字子至。京兆万年（今属西安市）人。擢进士第，调猗氏尉。武后时，迁户部员外郎，兼修书学士。睿宗朝，终工部侍郎。《全唐诗》编其诗一卷。

奉和立春游苑迎春①

金舆翠辇迎嘉节②，御苑仙宫待献春。淑气初衔梅色浅，条风半拂柳墙新③。天杯庆寿齐南岳，圣藻光辉动北辰④。稍觉披香歌吹近，龙骖日暮下城闉⑤。

① 这首诗系奉和唐中宗李显《立春日游苑迎春》之作。

②“金舆翠辇”，指唐中宗一行游春时所乘之车。辇，天子的车称辇。“嘉节”，指立春日。

③“淑气”，温和之气。“条风”，春天的东北风。

④“天杯”句，是说在新年伊始，上天举杯祝贺唐中宗得南山之寿。“南岳”，此处指长安城南的终南山。“圣藻”，皇帝的诗文，指唐中宗诗作《立春日游苑迎春》。“北辰”，北极星。

⑤“歌吹”，歌声和鼓吹声。“龙骖”，指中宗所乘之车。龙，马高八尺以上曰龙。骖，三马驾一车称骖。“城闉（yīn）”，城曲重门。

苏　颋

苏颋（670—727），字廷硕，京兆武功（今属陕西）人。武则天朝进士，历监察御史。神龙中迁给事中，修文馆学士，中书舍人。明皇爱其文，由工部侍郎进紫微侍郎，开元间居相位，袭父封号许国公。与宋璟共同理政，朝廷重要文件多出其手，当时和张说（封燕国公）并称为“燕许大手笔”。有集三十卷，《全唐诗》编其诗两卷。

奉和春日幸望春宫应制①

东望望春春可怜②，更逢晴日柳含烟。宫中下见南山尽，城上平临北斗悬③。细草偏承回辇处，轻花微落奉觞前④。宸游对此欢无极，鸟哢声声入管弦⑤。

① 这首诗系奉和唐中宗李显《春日幸望春宫》诗所作，当时奉和者有刘宪、苏颋等十馀人。在这些诗作中，苏颋此篇最为突出，歌颂了升平之时的君主游兴，写得雍容华贵，典丽优美，充满了对国家繁荣昌盛的自豪感，尤其是双关语的运用，更见情趣。明代杨慎在《升庵诗话》中称，在奉和诸篇中，苏颋此篇“迥出群英”。“幸”，皇帝驾临其处叫作“幸”。“望春宫”，在长安城东，分南、北两处，此指南望春宫。

②“望春”，双关语。既指宫名，又指东望春色。“可怜”，可爱。

③“南山”，双关语。既指终南山，又祝颂君王。《诗经·小雅·天保》:

“如南山之寿，不骞不崩。”意即像南山高寿，永不亏损塌崩。是祝祷语。“北斗”，亦双关语，既指天上的星宿，又指皇城。《三辅黄图》记载，汉长安城“南为南斗形，北为北斗形”，故称“斗城”。长安北城为皇城，故“北斗”实指皇城。

④“细草”，作者自喻。“回辇处”，指皇帝进望春宫。“辇”，皇帝乘坐的车。轻花，喻歌舞的美人。细草承君恩，故偏（超乎寻常），飞花恃美色，故落。此句一作“飞花故落舞筵前”。“奉觞”，举杯（饮酒）。

⑤“宸游”，帝王的巡游。“哢”，鸟鸣。此句一作“鸟哢歌声杂管弦”。

沈佺期

沈佺期（约656—715），字云卿，相州内黄（今属河南）人。高宗上元二年（675）登进士第，武后时任考功郎、给事中。以谄附武后内宠张易之而流放驩州。中宗神龙时（705—707），召拜起居郎兼修文馆直学士，官至中书舍人、太子少詹事，开元初卒。沈诗与宋之问齐名，时称“沈宋”，多应制之作。其诗长于七言，辞采靡丽而律体精密，对律体诗之定型颇有贡献。《全唐诗》编其诗三卷。

兴庆池侍宴应制[1]

碧水澄潭映远空，紫云香驾御微风[2]。汉家城阙疑天上，秦地山川似镜中[3]。向浦回舟萍已绿，分林蔽殿槿初红[4]。古来徒奏横汾赏，今日宸游圣藻雄[5]。

①“兴庆池”，亦称龙池（占地二百七十亩），在兴庆宫。开元二年，在玄宗等五王旧邸隆庆坊的基础上改建兴庆宫，至开元十六年春始成。自此，玄宗便正式到兴庆宫执政达二十八年。在龙池，除过祭祀活动外，玄宗的游乐宴会就成了最主要的内容。聚会百官时，往往命文人学士即席赋诗。此为其中之一。

②“紫云”，祥瑞的云气。“香驾”，指皇帝泛湖所乘之船。

③这两句写城阙秦地，比喻十分精切。城阙疑在天上，水中见也；山川似在镜中，水中观也。此用夸张手法。“汉家”，代指唐。明代陆时雍《诗镜·总论》称沈佺期之诗“吞吐含芳，安详合度”，“觉其句自能言，字自能语”。读者不妨从此二句体味之。

④“浦”，水滨。“槿”，指木槿花。分林而蔽殿，极言木槿之盛也。

⑤“徒”，枉然。“横汾赏”，汉武帝于元鼎元年（前116），于汾水得宝鼎，并改年号曰元鼎。横汾，泛舟汾河中流。元鼎四年秋，武帝巡河东，在汾水楼船上与群臣宴饮，作《秋风辞》。“宸游”，帝王的巡游。“圣藻”,指皇帝所作的诗篇。这两句是说，玄宗的诗作胜过武帝的得鼎。

阎朝隐

阎朝隐，字友倩，赵州栾城（今属河北）人，擢进士第，为武后所赏，累迁给事中，后坐附张易之徙岭外。景龙时，为著作郎。光天中，除秘书少监，后贬通州别驾。《全唐诗》编其诗十三首。

三日曲水侍宴应制

三月重三日，千春续万春①。圣泽如东海，天文似北辰②。

荷叶珠盘净，莲花宝盖新③。陛下制万国，臣作水心人④。

① 此诗系应皇帝命令所作。“千春”句，是说三月为春，三月三日为重春。春意浩荡，故云千春续万春。

② “圣泽”，皇帝的恩泽。“天文”，日月星辰等天体在宇宙间分布运行等现象。“北辰”，北极星。《论语・为政》：“为政以德，譬如北辰，居其所而众星共（拱）之。”这两句是歌颂皇帝的德政。

③ “荷叶”“莲花”，言珠盘之形状和宝盖之装饰。

④ “陛下”，对帝王的尊称。秦以后为天子之专称。“万国”，犹言万邦。又统指全国各地。“水心”，指曲江湖心。结句言其侍宴。

李　憕

李憕，太原文水县（今属山西省）人，开元初为咸阳尉，累迁至河南尹。天宝中，为京兆尹，累迁礼部尚书。安禄山陷长安，遇害。赠司徒，谥忠烈。《全唐诗》编其诗三首。

奉和圣制从蓬莱宫向兴庆阁道中留春雨中春望之作应制[①]

别馆春还淑气催，三宫路转凤凰台[②]。云飞北阙轻阴散，雨歇南山积翠来[③]。御柳遥随天仗发，林花不待晓风开[④]。已知圣泽深无限，更喜年芳入睿才[⑤]。

① 此诗系奉和唐玄宗之诗而作。“蓬莱”，唐宫名。原名大明宫。龙朔二年（662），高宗改为蓬莱宫，武则天长安元年（701）复称大明宫。“兴庆”，即兴庆宫。地在长安春明门内，号南内。开元二十年（722），玄宗自大明宫筑夹城通兴庆宫再通曲江。“阁道”，即复道，系楼阁间以木架空的通道。据《唐六典》卷七原注，自大明宫东夹罗城复道经通化门磴道通兴庆宫。

② “别馆”，别墅。此处指尚未到达的兴庆宫。“淑气”，温和之气。“三宫”，指唐代太极宫、大明宫和兴庆宫。“凤凰台”，即其留春雨中春望之处。

③ “积翠”，指聚集的青翠山色。

④ “天仗”，皇帝的仪仗。“林”，即上林苑，指大明宫以北的禁苑。

⑤ “圣泽”，皇帝的恩泽。“年芳”，美好的年华。指唐玄宗其时年轻有为。“睿才”，大具圣明之才。入，纳。睿，明智，通达，常用以称颂皇帝。

郭利贞

郭利贞，中宗神龙年间为吏部员外。《全唐诗》编其诗一首。

上元[1]

九陌连灯影，千门度月华[2]。倾城出宝骑，匝路转香车[3]。烂熳惟愁晓，周游不问家[4]。更逢清管发，处处落梅花[5]。

①“上元”，即正月十五日，为上元节。此诗写上元夜京城灯会之盛况。

②“九陌”，泛指都城大路。“月华”，月亮的光彩。

③“匝”，环绕。

④“烂熳”，今作“烂漫”，颜色鲜明而美丽。此指灯华夜景和热烈气氛。“惟愁晓”，上元夜是彻夜狂欢之时，故曰惟愁天色放曙。“周游”，到处游赏。

⑤“清管”，管乐器，如笛、箫等。“落梅花”，即梅花落，汉横吹曲名。属于笛中曲。

萧至忠

萧至忠，德言曾孙，相中宗。睿宗立，出为晋州刺史。先天二年，复为中书令。后坐附太平公主，伏诛。明皇曰：“至忠诚国器，但晚谬耳。”《全唐诗》编其诗九首。

陪游上苑遇雪[1]

龙骖晓入望春宫[2]，正逢春雪舞春风。花光并在天文上[3]，寒气行销御酒中[4]。

①“陪游”，指陪皇帝出游。

②“龙骖”，代指皇帝的车驾。骖，驾车时位于两旁的马。马长八尺称龙，御马皆骏，故称龙骖。“望春宫”，见刘宪《奉和春日幸望春宫应制》注①。

③“天文”，日月星辰等天体在宇宙间分布运行等现象。古人把风、云、雨、露、霜、雪等地文现象也列入天文范畴。此处指风与雪。

④“行销”，将要消减。行，将要，且。销，通“消”，消减。“御酒”，皇帝饮用或赏赐的酒。

卢怀慎

卢怀慎，滑州（州治在今河南省滑县）人，及第进士，历监察御史，黄门侍郎。开元元年进同紫微黄门平章事，与姚崇同相。怀慎以其才不及姚崇，凡事推而不专，时讥为“伴食宰相”，然能清俭，以直道而始终。《全唐诗》编其诗两首。

奉和圣制龙池篇①

代邸东南龙跃泉，清漪碧浪远浮天②。楼台影就波中出，日月光疑镜里悬③。雁沼洄流成舜海，龟书荐祉应尧年④。大川既济惭为楫，报德空思奉细涓⑤。

① 唐玄宗李隆基曾有《龙池篇》，此诗系奉和之作。“龙池”，即隆庆池（因在隆庆坊而得名）。李隆基尚小时，与几个弟兄被武则天从洛阳接回长安，赐宅于隆庆池边，称五王宅。李隆基即位后，隆庆坊被改为兴庆坊，隆庆池也改称兴庆池，或称龙池。开元二年（714）六月，右拾遗蔡孚等献上《龙池篇》文集，收录王公卿士吟龙池诗赋百三十篇，太常寺选其中十首，改编成大型组合乐章《享龙池乐章》，以其作为唱词。本篇为其中之一。

② 这两句写龙池的位置和概况。“代邸”，李隆基即位后入主兴庆宫，原来所住的“五王宅”乃暂代之宅，故称代邸。“龙跃泉”，即指龙池。在武则天执政时，隆庆坊地下水涌出，浸润成大池数十亩，后又引龙首渠水入池，使得该池水面阔二百七十亩。“远浮天”，倒影与远天相接。

③ 这两句写龙池的瑰丽景色。波中倒映，楼台影也；水面似镜，悬日月也。

④ 这两句写龙池与人一样享受着清明盛世。“雁沼”，即雁池，在龙池近处。李隆基《游兴庆宫作》：“绮观连鸡岫，朱楼接雁池。”“舜海”，喻龙池为舜时之海。舜时被喻为盛世。“龟书”，即洛书。《易·系辞上》：“河出图，洛出书，圣人则之。”《尚书》汉孔安国《传》：“天与禹洛出书，神龟负文而出，列于背，有数于九，禹遂因而第之，以成九类常道。”“荐祉”，献福，进福。荐，献、进。祉，福。“尧年”，传说尧时天下太平，因以尧年比喻太平盛世，此处以唐玄宗比尧舜。

⑤ 这两句写当报圣德。“大川”句，语本《尚书·说命上》中殷王武丁对宰相傅说的命辞：“若济巨川，用汝作舟楫。”“济”，渡。“惭为楫”，自己惭愧作了划船之楫（意即忝列其中）。楫，船桨。“奉细涓”，献上自己微薄之力。涓，细流，喻微小。

裴　漼

裴漼，绛州闻喜（今属山西）人，累官监察御史，三迁中书舍人。开元中，拜礼部侍郎，再转黄门侍郎，后来官至吏部尚书，太子宾客。《全唐诗》编其诗四首。

奉和圣制龙池篇①

乾坤启圣吐龙泉②，泉水年年胜一年。始看鱼跃方成海，即睹龙飞利在天③。洲渚遥将银汉接，楼台直与紫微连④。休气荣光恒不散，悬知此地是神仙⑤。

① 本篇系奉和李隆基《龙池篇》而作，亦是大型组合乐章《亨龙池乐章》的唱词之一。

②“乾坤”，天地。“启圣”，开启神圣之事（指龙泉）。

③“方成海”，夸张龙池之大。“龙飞利在天”，《周易·乾卦》：“飞龙在天，利见大人。”意思是：飞龙飞上高天，利于出现大人。

④“洲渚”，指龙池中的沙洲。“银汉”，银河。“紫微”，星座名。

⑤“休气”，美善、喜庆之气。“荣光”，彩色的云气，古时迷信以为吉祥之兆。“悬知”，预想，料想。

张子容

张子容，先天二年（713）擢进士第。为乐城尉。与孟浩然友善。《全唐诗》编其诗一卷。

长安早春[①]

开国维东井[①]，城池起北辰[②]。咸歌太平日，共乐建寅春[③]。
雪尽黄山树，冰开黑水津[④]。草迎金埒马，花伴玉楼人[⑤]。
鸿渐看无数[⑥]，莺歌听欲频。何当桂枝擢，还及柳条新[⑦]。

①“开国”，设立国都。国，国都。“维”，语助。“东井”，星名，即井宿。“井”是秦的分野（古人认为地上某些地区与天上某些星宿相应，叫分野）。这句是说，唐的都城设立在秦地（今陕西）。

②“城池”，城墙和护城河。泛指城市。“北辰”，北极星。《尔雅·释天》：“北极谓之北辰。”清孙贻让《周礼正义》卷八二云：“北极正中即天之中，古谓之天极。”这句是说，都城长安在天之中央。

③“咸”，皆、都。“太平日”，时世安乐的日子。“建寅”，正月的代称。我国古代按北斗星斗柄在一年中的移动位置，分为十二辰，称斗建。建子为十一月，建丑为十二月，建寅为正月，馀类推。

④“黄山”，即长安城北的龙首山（原），详见骆宾王《帝京篇》注④。“黑水”，即长安之灞水。黑即玄也，形容水色深青。“玄灞”一词，出于晋代潘岳《西征赋》。

⑤“金埒”，以钱铺成的界沟。以言豪奢。“玉楼”，装饰华丽的楼房。

⑥“鸿渐”，大雁缓缓飞动。渐，渐进。

⑦“何当”，犹云何日。“桂枝擢（zhuó）”，言科场得中。唐人称科举考试及第为折桂，因称科考为桂科，桂科放榜是在春日。擢，选拔。“还”，回家。如果有幸高中，即可衣锦还乡。“柳条新”，柳眼初醒，喻早春，此处正切长安早春。

王　维

王维（699—761），字摩诘，河东蒲州（今山西永济）人，开元年间擢进士第，官至给事中。安禄山陷长安，迫其任伪职，乱平后受到降职处分，后迁至尚书右丞，故世称王右丞。晚年退居蓝田辋川别墅，过着亦官亦隐的生活。王维诗画皆佳，名盛于开元天宝间。以其画而言，云势石色，山水平远，皆天机所道，非学而能。以其诗而论，边塞诗慷慨激昂，雄俊奋发，山水田园诗更开宗派，辞秀调雅，意新理惬，而风格多样，造诣极高。《全唐诗》编其诗四卷。

奉和圣制重阳节宰臣及群官上寿应制[①]

四海方无事，三秋大有年[②]。百生无此日，万寿愿齐天。
芍药和金鼎，茱萸插玳筵[③]。玉堂开右个，天乐动宫悬[④]。
御柳疏秋景，城鸦拂曙烟。无穷菊花节，长奉柏梁篇[⑤]。

① 此诗系奉和唐明皇李隆基重阳节宰臣及群官上寿诗而作。“宰臣”，指宰相，即中书、门下、尚书三省长官及同平章事等执权柄者。“上寿”，祝福。

②“四海”，古代以为中国四周皆有海，所以称中国为海内，外国称海外。四海，意同天下。“三秋”，此处指秋季的第三个月，即秋禾成熟时节。“大有年”，丰收年。

③“芍药”，植物名。花大而美，名色繁多，供观赏。“和”，连。“鼎”，

古代的一种烹饪器，三足两耳。相传夏禹收九州之金铸成九鼎，遂以鼎为传国重器。“茱萸”，植物名，有浓烈香味，古代风俗，重阳日佩茱萸以辟邪。“玳筵”，以玳瑁装饰坐具的宴席，指盛宴。

④“玉堂”，宫殿的美称。“右个”，正堂右边的侧室。“天乐”，天上之音乐。此处指皇家音乐。

⑤“菊花节”，菊花开放在九月，重阳菊已开，故云。“柏梁”，即柏梁体，系七言古诗的一体。相传汉武帝于元封三年（前 108 年）在都城柏梁台上与群臣赋七言诗，人各一句，每句皆用韵（押韵），后世模仿其体，称柏梁体。这句是说，要长期奉和皇帝的诗。

奉和圣制从蓬莱向兴庆阁道中留春雨中春望之作应制①

渭水自萦秦塞曲，黄山旧绕汉宫斜②。銮舆迥出千门柳，阁道回看上苑花③。云里帝城双凤阙④，雨中春树万人家。为乘阳气行时令，不是宸游玩物华⑤。

① 此系奉和唐明皇的应制诗。原诗已佚。题解及注③之“阁道”，见李憕《奉和圣制从蓬莱宫向兴庆阁道中留春雨中春望之作应制》注①。

②“渭水”，黄河最大支流，横贯关中，流经长安城北，由潼关汇入黄河。“秦塞”，即秦地，古谓秦地为“四塞之国”。“黄山”，一些选本及辞书说黄山是指黄麓山，在兴平（在西安西百里）县北。“汉宫”，指汉代黄山宫，亦指唐宫。愚案：黄山宫与长安相去遥远，此解释便见牵强。以诗中所述，此“宫”当指汉长安之宫（汉长安城有未央、建章、长乐三大宫殿群）。如未央宫已存至唐末。故此“黄山”亦当

指龙首山（原），《三秦记》中已有确载，见骆宾王《帝京篇》注④。因其山色呈黄，故曰黄山。《全唐诗》中对此数有提及，如卢藏用《奉和立春游苑迎春应制》：“瑶台半入黄山路，玉槛傍临玄灞津”；苏颋《人日兼立春小园宴》：“黄山积高次，表里望京邑”；李乂《奉和幸长安故城未央宫应制》：“凤辇乘春阳，龙山访故台。”其中的“黄山”“龙山”，均指此处。大明宫就在黄山上。

③“銮舆”，皇帝的乘舆。“迥”，远。“千门”，指宫内的重重门户。“上苑”，唐朝的禁苑，在大明宫北。因其自城北的蓬莱宫向南至兴庆宫，故曰“回看”。

④“双凤阙”，汉代建章宫前有凤阙，《三辅黄图·建章宫》：“古歌云：长安城西有双阙，上有双铜雀，一鸣五谷生。按，铜雀即铜凤凰也。”此处指蓬莱宫含元殿前两侧有栖凤阁和翔鸾阁。阙，宫门前的望楼。《三辅黄图·杂录》：“阙，观也。周置两观以表宫门，其上可居，登之可以远观，故谓之观。人臣将朝，至此则思其阙（过失）。”

⑤“阳气”，指春气。“时令”，按季节制定的农事等政令。

⑥“宸游”，帝王的巡游。“物华”，自然景色。

崔　颢

崔颢（？—754），汴州（今河南开封）人，开元中及进士第，官司勋员外郎。其少年时所作之诗，有轻薄浮艳者，亦有反映上层社会生活者，晚节忽变常体，风骨凛然，后历边塞，诗风更显雄浑奔放。《全唐诗》编其诗一卷。

长安道[①]

长安甲第高入云，谁家居住霍将军[②]。日晚朝回拥宾从，路傍揖拜何纷纷[③]。莫言炙手手可热，须臾火尽灰亦灭[④]。莫言贫贱即可欺，人生富贵自有时。一朝天子赐颜色，世上悠悠应始知[⑤]。

① 题一作《霍将军》。突出贫莫忧愁富莫夸的认知。

②“甲第”，豪门贵族的宅第。“霍将军”，汉代霍去病六击匈奴，因功封冠军侯，为骠骑将军。汉武帝为之建造府第，去病辞谢曰：“匈奴未灭，无以家为也。”此处代指唐之将军。

③ 这两句写“霍将军”显赫之势。“揖拜”，是表示敬意的礼节。揖，拱手礼。拜，叩首礼。“拥宾从”，言“霍将军”其势壮也。“何纷纷”，言揖拜者多也。

④“炙手可热”，手一挨近就感觉热，比喻气焰很盛，权势很大。“须臾”，极短的时间，片刻。

⑤“赐颜色”，赐以欢喜面色。“上”，一作“事”。

七夕（二首选一首）[①]

长安城中月如练，家家此夜持针线[②]。仙裙玉佩空自知，天上人间不相见[③]。

①“七夕”，阴历七月初七夜。民间传说牛郎织女此夜在天河相会，后来遂有了此夕妇女穿针乞巧之习俗。当时长安家家户户的少女少妇，持针线，供瓜果，摆香案，向织女乞巧，直到更深夜静，犹仰望天上星斗，意兴甚浓。此诗为其中的第一首。

②“月如练”，月上弦而色白也。“持针线”，妇女穿针而乞巧也。

③“仙裙玉佩”，指织女和牛郎。“空自知”，指地上之人仅仅自己知道（牛郎织女事）。

上巳①

巳日帝城春，倾都祓禊晨②。停车须傍水，奏乐要惊尘③。弱柳障行骑，浮桥拥看人。犹言日尚早，更向九龙津④。

①“上巳”，阴历每月上旬的巳日。三月上巳，为古代节日。汉以前，上巳必取巳日，但不必三月初三；自魏以后，一般习用三月初三，但不定为巳日，此处指三月初三。

②“帝城”，都城长安。“倾都”，都中所有的人。“祓禊”，古代民俗，三月上巳日到水滨洗濯，洗去宿垢，称祓禊。“奏乐”句，是说奏乐就要奏得特别出色。

③“浮桥”，用船、筏或浮箱联结成的桥。

④“九龙津”，渭河上的一处津名。津，渡口。

李　白

李白（701—762），字太白，祖籍陇西郡成纪（今甘肃秦安）。隋末其先人流徙中亚碎叶（今吉尔吉斯斯坦北部托克马克），他就出生于此。幼时随父迁居绵州昌隆（今四川江油）青莲乡。二十五岁时离蜀，长期在各地漫游。天宝初供奉翰林，受权贵谗毁，不到两年便离开长安。安史乱中，曾为永王李璘幕僚，因璘败牵累，长流夜郎。中途遇赦东还，晚年漂泊困苦，卒于当涂。诗风雄奇豪放，想象丰富，语言流转自然，音律和谐多变，善于从民歌、神话中汲取营养和素材，构成其诗特有的瑰玮绚烂之色彩，富有积极浪漫主义精神。李白是我国古代最伟大的浪漫主义诗人，被称为“诗仙”。存诗九百九十馀首。《全唐诗》编其诗二十五卷。

古风（选二首）

一①

咸阳二三月②，宫柳黄金枝。绿帻谁家子，卖珠轻薄儿③。日暮醉酒归，白马骄且驰。意气人所仰，冶游方及时④。子云不晓事，晚献长杨辞。赋达身已老，草玄鬓若丝。投阁良可叹，但为此辈嗤⑤。

①《古风》共五十九首，是李白的重要诗篇。其政治理想、人生感慨，

多见其中。不少篇章托古谕今，指斥时弊，倾向性很强。本篇为第八首。天宝初，因杨妃受宠，其堂兄杨国忠竟以裙带关系，由御史跃至宰相，凡领四十馀使。杨妃三个姐姐封国夫人，杨国忠又与杨的姐姐虢国夫人长期私通。李白借汉代董偃故事，以刺时政之黑暗，又借扬雄故事，以叹文士之不遇。

②“咸阳”，借指长安。

③这两句写咸阳轻薄儿与董偃相仿佛。“绿帻”，古时仆役的服式。《汉书·东方朔传》：“董（偃）君绿帻傅韝，随主前，伏殿下。”《注》应劭曰：“宰人服也。”颜师古曰：“绿帻，贱人之服。”此处绿帻，代指西汉馆陶公主的情夫董偃。董偃初随其母亲卖珠，出入武帝姑母馆陶公主家，后与馆陶公主同居。陶馆公主乞求武帝去其家，自引董偃拜见，得到武帝赐赏，于是董偃贵宠。

④这四句写“轻薄儿”得势后，冶游之骄纵。

⑤这六句以扬雄的遭遇，慨叹当时文人之不受重视。“子云”，汉代扬雄（前53—公元18），字子云。“不晓事”，不明事理。东汉杨修《答临淄侯笺》：“修家子云老不晓事。”“长杨辞”，即扬雄《长杨赋》，此赋歌颂的是大汉天声。“草玄”，创作《太玄经》。草，起草，此处指创作。扬雄年老时，颇感辞赋无益于世道，转而研究哲学，仿《易经》而作《太玄经》。“投阁”，王莽篡汉，建立新朝，扬雄仿司马相如《封禅文》，上封事给王莽，评论秦朝，美化王莽之新朝，故名剧秦美新。他的学生刘棻涉罪，扬雄受株连，在收捕时，扬雄恐怕难免死罪，乃从其校书的天禄阁跳下，几乎死去，后被赦。“此辈”，指权贵们。“嗤”，讥笑。

二[1]

大车扬飞尘，亭午暗阡陌[2]。中贵多黄金，连云开甲宅[3]。路逢斗鸡者，冠盖何辉赫。鼻息干虹蜺，行人皆怵惕[4]。世无洗耳翁，谁知尧与跖[5]。

① 本篇为第三十一首，作于天宝初年作者官翰林之时。玄宗后期，政治昏暗，宦官遂以得势，斗鸡者居然受宠。得势者巧取豪夺，受宠者厚得赐赏，便见了小人的不可一世。

② 这两句是说，天最明亮之正午，宦竖的车队疾驰，扬尘蔽日，使道路昏暗。“亭午”，正午。“阡陌”，原指田间小路，这里泛指京城大道。

③“中贵”，中贵人，指皇帝所宠信之宦官。“连云”句，言中贵甲宅之高大。“连云”，状其宅第高而且广，接连云霄。“甲宅”，大宅。《新唐书·宦者上》：“开元天宝中，……宦官黄衣以上三千员，衣朱紫千馀人。其称旨者辄拜三品将军，列戟于门……于是甲舍、名园、上腴之田为中人所名者半京畿矣。”

④“斗鸡”，唐时盛行斗鸡之游戏。然而斗鸡，嬉戏也。王勃曾因戏作《檄英王鸡》，被高宗斥逐。而玄宗亦好斗鸡之戏。“斗鸡者”，指贾昌。据陈鸿《东城老父传》云，当时被称为“神鸡童”的贾昌，深得玄宗宠信，“金帛之赐，日至其家”。致使开元十三年（725），产生了神鸡童谣，中有句云：“生儿不用识文字，斗鸡走马胜读书。贾家小儿年十三，富贵荣华代不如。”

⑤ 这四句写供奉玄宗斗鸡的侍者之势焰。“鼻息”，鼻腔呼吸时的气息。“干”，冲犯。“虹蜺”，相传虹有雌雄之别，色鲜者为雄，色暗淡者为

雌；雄曰虹，雌曰蜺，亦作“霓”。“怵惕”，戒惧，惊惧。

⑥ 末两句慨叹统治者的昏聩，不辨贤愚。“洗耳翁”，指许由。据晋皇甫谧《高士传》云，尧欲向许由让天下，许由于是遁耕于颍水之阳；尧又召为九州长，许由认为此言污耳，遂去颍水洗耳。洗耳，比喻不愿听，不愿问世事。“尧”，传说中的上古圣君。“跖”，即盗跖。传说其为春秋末期农民起义领袖。旧时被诬称为盗跖。《庄子·盗跖》系寓言性质，说他“从卒九千人，横行天下，侵暴诸侯”。“盗跖”在旧时一直被作为恶人的代名词。没有了高士许由，贤愚便难以分辨，此乃对当时政治昏暗之讽刺。

清平调词三首①

云想衣裳花想容②，春风拂槛露华浓③。若非群玉山头见，会向瑶台月下逢④。

①《清平调词三首》，系李白在长安供奉翰林时所作，时在天宝三载（744）春日。（据清王琦《李太白年谱》）兴庆宫龙池东南沉香亭畔牡丹花开，国色天香，玄宗与杨妃前去观赏，并言：“赏名花，对妃子，焉用旧乐词?”遂命李白进《清平调》三章。三章将人面花光融为一体，歌颂杨妃之美丽，大笔写去，遂成殊调。杨妃笑领歌词，玄宗调玉笛以倚曲。“清平调”，曲调名。

②“云想”句，写杨妃容貌服饰之绝美。以云喻衣裳，见华美也；以花喻容貌，见绝代也。

③“春风”句，写牡丹带露之美和杨妃受宠之艳。风露既点染花容，又

暗寓玄宗恩泽。

④ 这两句再写杨妃之美。“群玉”，山名。神话传说中的仙山，西王母所居。“会”，当，应。“瑶台”，神话中为神仙所居之地。群玉山见，言花貌红尘何曾有也；瑶台相逢，言花貌红尘何曾闻也。

一枝红艳露凝香①，云雨巫山枉断肠②。借问汉宫谁得似，可怜飞燕倚新妆③。

①“一枝”句，写花喻杨妃美而且香。红艳凝香，既言牡丹国色天香，亦寓杨妃香艳绝代也。

②“云雨”句，写楚王梦会的神女怎及得沉香亭前的花容人面。“云雨巫山”，宋玉《高唐赋》中说，楚怀王游于高唐，曾梦见一神女，自称巫山之女，来与楚王幽合。临走而辞曰：“妾在巫山之阳，高丘之阻，旦为朝云，暮为行雨，朝朝暮暮，阳台之下。”旧因用“云雨”喻男女幽合。“枉断肠”，言神女往来飘忽，徒然令楚王极度思念和悲伤。枉，徒然。

③ 这两句以汉成帝皇后赵飞燕作比，还是远逊于杨妃。“可怜”，可爱。“飞燕”，赵飞燕，汉成帝皇后，以美著称。“倚新妆”，倚仗新妆。飞燕美，倚仗新妆也；杨妃美，清水芙蓉也。相较而言，自见高下也。

名花倾国两相欢，长得君王带笑看①。解释春风无限恨，沉香亭北倚阑干②。

①“名花”，指牡丹。牡丹被誉为“国色天香”。“倾国”，指杨妃。汉李

延年《佳人歌》：“北方有佳人，绝世而独立，一顾倾人城，再顾倾人国。”后因以倾城倾国来形容绝色女子。此处指杨妃。“君王”，指玄宗。

②“解释”，消除。“春风无限恨”，言春愁春恨。沉香亭，用沉香木建造的亭子，在龙池东南水滨。“阑干”，即栏杆。欣赏美人名花，君王长带笑也；美人名花在即，君王自无恨也。

侍从宜春苑奉诏赋龙池柳色初春听新莺百啭歌[①]

东风已绿瀛洲草[②]，紫殿红楼觉春好。池南柳色半青青，萦烟袅娜拂绮城。垂丝百尺挂雕楹，上有好鸟相和鸣，间关早得春风情[③]。春风卷入碧云去，千门万户皆春声[④]。是时君王在镐京，五云垂晖耀紫清[⑤]。仗出金宫随日转[⑥]，天回玉辇绕花行。始向蓬莱看舞鹤，还过茝若听新莺[⑦]。新莺飞绕上林苑，愿入箫韶杂凤笙[⑧]。

①“宜春苑”，宫苑名。秦为宜春苑，汉为乐游苑，唐为芙蓉苑，地在长安曲江西南，苑内有芙蓉池，绿水弥漫。“龙池”，指芙蓉池。“啭”，鸟婉转地叫。

②“瀛洲”，此处指龙池。

③“间关”，鸟鸣声。

④ 这两句言娇莺鸣啭声传万户千门。

⑤“镐京”，西周都城，故地在长安城西南。此处代指长安。“五云”，五色的瑞云。“紫清”，天上，谓神仙所居。此处指宜春苑。

⑥“仗”，仪仗。

⑦“蓬莱”，山名，传说为仙人所居。此处指宜春苑。“茝（chǎi）若”，汉宫殿名，此处指曲江之宫殿。

⑧“上林苑”，此处指唐时禁苑。“箫韶”，相传舜之乐名。《尚书·益稷》：“箫韶九成，凤皇来仪。”韶，舜乐名。箫，乐器。“凤笙”，雕成如凤之身的笙。

灞陵行送别[①]

送君灞陵亭，灞水流浩浩[②]。上有无花之古树，下有伤心之春草。我向秦人问路岐，云是王粲南登之古道[③]。古道连绵走西京，紫阙落日浮云生[④]。正当今夕断肠处，骊歌愁绝不忍听[⑤]。

①“灞陵”，古地名，本作霸陵。因汉文帝陵得名，在长安东，附近有霸（灞）桥。灞桥在秦末汉初就是出入长安的一个要道。汉时在灞桥设有稽察亭，唐时在此处设有驿站，长安人送客东行，多在此折柳送别。

②“灞水”，源出蓝田山中，西流至长安东而北折入渭。

③“秦人”，此处指长安人。“问路岐”，即问路。岐，岔道。“岐”通“歧”。“王粲”，东汉文学家，建安七子之一。初平三年，董卓部将李傕、郭汜等在长安作乱，王粲遂离开长安而南赴荆州，作《七哀诗》，中有“南登灞陵岸，回首望长安”之句。

④“走”，通向，走向。“西京”，即长安。“紫阙”，帝王的宫城。

⑤“断肠处”，长安人送客东行，多在灞桥折柳赠别，故灞桥一名销魂

桥。断肠处，即指灞陵亭。

⑥“骊歌”，告别之歌。《骊驹》之歌的省称。《骊驹》，逸《诗》篇名。其辞有云：“骊驹在门，仆夫具存；骊驹在路，仆在整驾。”“愁绝”，万分悲愁。

杜陵绝句[①]

南登杜陵上，北望五陵间[②]。秋水明落日[③]，流光灭远山[④]。

①“杜陵”，地名，在长安东南。本名杜原。秦置杜县，汉宣帝在此筑陵，改名杜陵。

②“五陵”，汉朝皇帝每立陵墓，都把四方富家豪族和外戚迁至陵墓附近居住，最著名的为五陵，即长陵、安陵、阳陵、茂陵、平陵。五陵皆在渭水之北咸阳附近。

③ 秋水，指渭水。诸陵皆在渭水之北。

④“流光”，闪动的光。“明灭”，谓时隐时现，忽明忽暗。

韦应物

韦应物（737—约792），京兆长安（今陕西西安）人。少以三卫郎事明皇，晚更折节读书。曾任滁州、江州、苏州刺史，故称韦江州或韦苏州。其诗闲雅平淡，自成一家之体，人比之陶潜。有《韦苏州集》。《全唐诗》编其诗十卷。

长安道[1]

汉家宫殿含云烟，两宫十里相连延[2]。晨霞出没弄丹阙，春雨依微自甘泉[3]。春雨依微春尚早，长安贵游爱芳草[4]。宝马横来下建章，香车却转避驰道[5]。贵游谁最贵，卫霍世难比[6]。何能蒙主恩，幸遇边尘起[7]。归来甲第拱皇居，朱门峨峨临九衢[8]。中有流苏合欢之宝帐，一百二十凤凰罗列含明珠。下有锦铺翠被之粲烂，博山吐香五云散[9]。丽人绮阁情飘飖，头上鸳钗双翠翘。低鬟曳袖回春雪，聚黛一声愁碧霄[10]。山珍海错弃藩篱，烹犊炰羔如折葵[11]。既请列侯封部曲，还将金印授庐儿[12]。欢荣若此何所苦，但苦白日西南驰[13]。

①此诗写长安道上贵游之春游，既见其豪宅，亦见其挥霍，观其权欲熏心，最后落脚到惧怕岁月匆匆，足见这些富贵闲人之闲愁心态。

②“汉家”，此处系以汉代唐。“两宫”，指大明宫和兴庆宫，两宫相距十里，以复道相连。

③“丹阙”，赤色的宫门，指宫禁内庭。“甘泉”，甘泉宫，因面对甘泉谷而名，在今西安市鄠邑区西南。

④“贵游”，无官职的王公贵族，即富贵闲人。

⑤“建章”，汉宫名，在长安西，此处代指唐宫。“驰道”，御路，是君王驰走车马之处，故曰驰道。

⑥“卫霍”，汉名将卫青和霍去病。汉武帝时的外戚。此处代指贵游之贵。

⑦“边尘”，指战争。

⑧“拱皇居”，在皇家旁边。“峨峨”，高峻，高耸。“九衢”，大道。

⑨“流苏”，以五彩羽毛或丝线制成的穗子。“博山”，古器物表面雕刻作重叠山形的装饰。

⑩“飘飖（yáo）”，即飘摇。“聚黛”，黛眉聚敛，即黛眉紧锁，表示忧愁。

⑪“山珍海错”，山海所产的珍馐美味。海错，海产种类繁多，通称为海错。此处指美味佳肴。“烹犊”，煮牛犊肉。“炰（páo）羔”，烤乳羊肉。“如折葵”，意思是吃带骨肉如折葵。葵，菊科草本植物，如秋葵、向日葵等。这两句说，将山珍海味糟蹋弃掷亦不甚惜。

⑫“列侯”，秦制爵分为二十级，彻侯位最高，汉承秦制，为避武帝刘彻讳，改彻侯为通侯，亦称列侯。“部曲”，豪门大族私人的军队，此指列侯部曲。“庐儿”，奴仆，侍从。这两句说要让侍从统管私人的军队。

⑬这两句说，贵游无愁苦之事，只是怕岁月如梭，来煎其寿。

听莺曲①

东方欲曙花冥冥，啼莺相唤亦可听②。乍去乍来时近远，才闻南陌又东城。忽似上林翻下苑，绵绵蛮蛮如有情③。欲啭不啭意自娇，羌儿弄笛曲未调④。前声后声不相及，秦女学筝指犹涩⑤。须臾风暖朝日暾，流音变作百鸟喧⑥。谁家懒妇惊残梦，何处愁人忆故园。伯劳飞过声跼促，戴胜下时桑田绿[7]。不及流莺日日啼花间，能使万家春意闲[8]。有时断续听不了，飞去花枝犹袅袅[9]。还栖碧树锁千门，春漏方残一声晓[10]。

①“自在娇莺恰恰啼”。莺声婉转动听，与春日最是和谐，本篇强调了莺啼之美的“春”和“晓”，读来别具韵味。

②这两句写天欲明时，莺已啼鸣。“冥冥”，昏暗貌。

③这四句写莺飞迅忽，莺声有情。“乍”，忽然、突然。“上林”，见李隆基《春台望》注⑬。“下苑”，秦之宜春苑，在汉称宜春下苑，地在曲江旁。“翻”，反而。“绵绵蛮蛮”，鸟声。《诗经·小雅·绵蛮》：“绵蛮黄鸟，止于丘阿。”“黄鸟”，即黄莺。

④这两句写黄莺初啼时声音尚未婉转，犹如羌儿初学吹笛不成曲调。“啭”，鸟婉转地鸣叫。羌笛，乐器，原出古代西域之羌族。马融《长笛赋》：“近世双笛从羌起，羌人伐竹未及已。”

⑤这两句续写黄莺初啼之状：音滞涩而不流畅，仿佛秦女初学弹筝，指法不熟练，音不圆润。“筝”，是秦地（陕西古称秦）的乐器。

⑥“暾”，日初出。“流音”句，是说莺鸣之后引得百鸟皆鸣。

⑦“伯劳”，鸟名，仲夏始鸣。“戴胜”，鸟名，因头顶有金黄色大羽冠，似人戴着华胜（首饰名）而得名。“跼促”，短促。此两句承上句“百鸟”来。

⑧这两句言伯劳戴胜不如流莺，声不及其婉转，时不及其久长。

⑨“袅袅”，言莺飞而花枝犹颤动。

⑩“锁千门”，言莺啼之效果。“春漏”，此处指春夜之漏。“漏”，古时计时之器具。“一声晓”，言莺啼而天晓。与首句“东分欲曙”相呼应。

岑 参

岑参（约715—770），南阳（今属河南）人，天宝间进士及第。天宝八载（749），在安西节度使封常清幕中掌书记，到过安西、武威。天宝末，封常清镇守伊西、北庭，岑参摄监察御史，充伊西、北庭节度判官。累官嘉州（州治在今四川乐山）刺史，卒于成都。其诗与高適齐名，并称“高岑”。长于七言歌行。岑参六佐戎幕，往来鞍马烽尘间十馀载，其边塞诗气势豪迈，情辞慷慨，迥拔孤秀，而格调尤高。在盛唐作家群中，地位显赫。宋代爱国诗人陆游誉其为“太白、子美之后，一人而已”。有《岑嘉州集》。《全唐诗》编其诗四卷。

与高適薛据登慈恩寺浮图①

塔势如涌出，孤高耸天宫②。登临出世界，蹬道盘虚空③。
突兀压神州，峥嵘如鬼工④。四角碍白日，七层摩苍穹⑤。
下窥指高鸟，俯听闻惊风⑥。连山若波涛，奔走如朝东⑦。
青槐夹驰道，宫馆何玲珑⑧。秋色从西来，苍然满关中⑨。
五陵北原上，万古青濛濛⑩。净理了可悟，胜因夙所宗⑪。
誓将挂冠去，觉道资无穷⑫。

① 玄宗天宝十一载（752）秋日，著名诗人杜甫、岑参、高適、薛据和储光羲相伴到慈恩寺游览，并登塔，皆有诗作（薛据诗失传）。“慈恩寺”，是李治（高宗）为太子时为其母文德皇后（长孙氏）所建，故

云慈恩。寺在长安城东南晋昌坊。“浮图”，佛塔。此即指大雁塔。

②“塔势”句，言大雁塔从平地突起。《妙法莲华经·宝塔品》谓，佛前有七宝塔，从地涌出，此句正用其语。

③“出世界”，高出于人世的境界。“磴道”，指塔内的台阶（阶梯）。

④“突兀”，高耸貌。“神州”，犹中国。“峥嵘”，高峻貌。“鬼工”，意谓非人力所能作为。

⑤“四角”句，谓塔身之高挡住了太阳。“七层”，大雁塔始建于高宗永徽三年（652），初建为砖表土心五层方形，武则天长安年间（701—704），纯用青砖改修成方形楼阁式的十层，登塔攀梯也改成盘道。章八元《题慈恩寺塔》：“十层突兀在虚空，四十门开面面风。”有论者云，后来由于还不太清楚的原因，该塔最晚在天宝十一载又变成七层。愚案：章八元（743—829）系大历六年（766）进士，天宝十一载方九岁，年龄远小于杜甫和岑参，登慈恩寺塔当在岑参之后。其登塔时，塔尚为十层，可见天宝十一载时塔变七层并无多少依据。《唐才子传》又云，慈恩寺浮图前后名流诗版甚多，“后元微之、白乐天至塔下遍览，因悉除去，惟存八元版在”，元、白并未对塔之十层提出异议，据此，则“七”是否为“十”字之讹，待考。唐末，朱温劫持昭宗迁都洛阳，对长安城进行了毁灭性的破坏，慈恩寺塔大约在此期间从十层倒塌为七层。后唐长兴年间（930—933）又经重新修整，也就是遗留到今天的大雁塔。“苍穹”，苍天。

⑥这两句突出大雁塔之高。高鸟须仰视，而此作下窥；风在空中，而此作俯听，塔之高自见。以下八句，写在塔上所见的四方之景。

⑦“连山”两句，写东望。骊山山脉之走向，自长安东郊始波浪式走高，直达山巅，故曰“似朝东”。

⑧这两句写南望。“驰道”，驰马所行之道。指天子所行之道。“宫馆”，

供帝王游息的离宫别馆。“玲珑”，精巧。

⑨这两句写西望。“秋风从西来”，《礼记》：“西方者秋。”《后汉书》云：“日行西陆谓之秋。”西陆，日行西方白道曰西陆。“苍然”，灰白的色调。

⑩这两句写北望。“五陵”，见李白《杜陵绝句》注②。此处指长安附近之地带。“濛濛”，苍润貌。

⑪“净理”，指佛理。“了可悟”，佛家指透彻地领悟佛理。“胜因”，善缘。“夙”，平素，素来。

⑫“挂冠”，辞官。“觉”，悟。“资”，应用。

奉和中书舍人贾至早朝大明宫①

鸡鸣紫陌曙光寒，莺啭皇州春色阑②。金阙晓钟开万户，玉阶仙仗拥千官③。花迎剑珮星初落，柳拂旌旗露未干④。独有凤凰池上客⑤，阳春一曲和皆难⑥。

①“和”，和诗。即以诗相酬答。此诗是和贾至《早朝大明宫呈两省僚友》而作。“中书舍人”，官名。是中书省的属官，掌管诏令、侍从、宣旨、接纳文表等事。

②“紫陌”，京城的道路。“啭”，鸟婉转的啼声。“皇州”，指长安。“阑”，将尽。

③“金阙”，帝宫。“万户”，指宫门。“仙仗”，指皇帝的仪仗。

④“剑珮”，有饰物的宝剑。“星初落”，天将亮也。

⑤“凤凰池”，亦称凤池，指中书省。“客”，指贾至。因其为中书舍人，故云。

⑥“阳春”，古乐曲名。宋玉《对楚王问》：“客有歌于郢中者，其始曰《下里巴人》，国中属和者数千人；……其为《阳春白雪》，国中属和者不过数十人。”后以比喻艺术质量高而领会者不多的作品。此处指贾至原作。

登总持阁①

高阁逼诸天，登临近日边②。晴开万井树，愁看五陵烟。槛外低秦岭，窗中小渭川③。早知清净理，常愿奉金仙④。

①“总持阁”，见张九龄《登总持李阁》注①。

② 首两句言总持阁之高。“诸天”，佛书言三界共有三十二天，总谓之诸天。

③ 这四句是书当时之所见，天气晴朗，现万千村落之树色，愁而北看，见五陵之烟。槛外可俯视秦岭，窗中只见秦川狭小。“井”，相传古制八家一井，后引申为乡里、人口聚集之地。“五陵”，见李白《杜陵绝句》注②。“渭川”，秦川。

④ 这两句对此佛门清净地发神往之想。“金仙”，饰以金粉的佛像。

包　何

包何，字幼嗣，润州延陵（今江苏武进）人。与弟佶齐名，世称“二包”。登天宝进士第。大历中，起为舍人。《全唐诗》编其诗一卷。

长安晓望寄崔补阙①

迢递山河拥帝京，参差宫殿接云平②。风吹晓漏经长乐，柳带晴烟出禁城③。天净笙歌临路发，日高车马隔尘行。自怜久滞诸生列，未得金闺籍姓名④。

① 此诗作于天宝七载。前六句，宛然一幅“帝京图”，壮哉！后两句所及，因其时尚未得第之故，亦寓希望得到崔补阙提携的弦外之音。崔补阙，指崔峒。此诗一作司空曙诗。

②“迢递”，远（高）貌。“参差”，不齐。“接云平”，言宫殿群之高，在作者视线中，远处的云已和宫殿相平了。

③“漏”，古计时器。此处指漏声。“长乐”，宫名。隋曾在长安城东门外的长乐坡建长乐宫和望春亭，坡下便是浐水。“柳带晴烟”，指柳烟。“禁城”，皇城。

④“自怜”，自我怜悯。“诸生列”，等待应举参加进士考试者的行列。“金闺”，金马门之别名。后遂沿用为官署的代称。此指礼部。“籍”，登记，记录。原注：“司空曙末句与此异，云‘独有浅才未甘达，自惭名在鲁诸生’。”

杜　甫

杜甫（712—770），字子美，杜审言之孙。祖籍京兆杜陵（在今陕西省西安市长安区），生于巩县（今河南巩义），杜甫在困顿长安十年中，因所居之杜曲在杜陵原下、少陵原之东，故自称杜陵布衣、杜陵野老、少陵野老，世称杜少陵。举进士不第，玄宗时献三大礼赋，待制集贤院，又为宰相李林甫所抑。安禄山陷长安，玄宗奔蜀，他逃至肃宗行在凤翔，官左拾遗。长安收复后，因疏救房琯被贬为华州司功参军。关辅饥乱，遂弃官入蜀，依剑南节度使严武，在成都西郊筑草堂以居，严武荐其为检校工部员外郎，故又世称杜工部。严武死后，他携家出蜀，病死湘江途中。其诗显示了唐王朝由盛转衰的历史过程，反映了社会动乱和人民疾苦，宋人叶梦得评其诗穷笔极力，如太史公记传。其诗语言精练，风格沉郁顿挫，被称为“诗史”。以饥寒之身而怀济世之心，处穷迫之境而无厌世之想，杜甫是中国文学史上最伟大的现实主义诗人，对后世影响极大，被誉为“诗圣”。有《杜少陵集》。《全唐诗》编其诗十九卷。

乐游园歌①

乐游古园崒森爽，烟绵碧草萋萋长②。公子华筵势最高，秦川对酒平如掌③。长生木瓢示真率，更调鞍马狂欢赏④。青春波浪芙蓉园，白日雷霆夹城仗⑤。阊阖晴开昳荡荡，曲江翠幕排银榜⑥。拂水低徊舞袖翻，缘云清切歌声上⑦。却忆年年人醉时，只今未醉已先悲。数茎白发那抛得，百罚深杯亦不辞⑧。圣朝亦知贱士丑，一物自荷皇天慈⑨。此身饮罢无归处，独立苍茫自咏诗⑩。

① 题下原注：“晦日贺兰杨长史筵醉中作。”唐时，正月晦日（正月最末一天）与三月三日、九月九日同为节日（到德宗贞元五年，即公元 791 年，废正月晦日，易以二月朔，即二月初一为中和节）。乐游园即乐游苑，汉宣帝时所建，亦名乐游园，在长安城东南延兴门内侧，其地地势高而四望宽敞，为唐时游赏之胜地。本篇当作于天宝十载（751）。

② 这两句写出乐游园。“崒（cù）”，高峻貌。“森爽”，森疏而爽豁。言园中树木之高大。“烟绵”，烟笼。“萋萋”，指春草生长茂盛。

③ 这两句写酒筵，兼称美主人。“公子”，指杨长史。“势最高”，武后长安年间，太平公主置亭原上，其势最高。酒筵置于亭中，故云。“秦川”，此处指长安周围的平原。坦平如掌，长安因在秦川，故云。

④ 这两句写置酒。“长生木瓢”，用长生木所做的瓢，这句是说，杨长史置酒宴饮，用长生木瓢酌酒，正是其真率。“更调”句，酒后又让客人骑马以尽览诸胜。“狂”，言其游览兴致甚高，不觉其烦不厌其烦也。

⑤ 以下六句写游曲江。曲江在乐游园西南不远处，是唐时游乐胜地，名最著。其中的芙蓉园在曲江西南，园中有芙蓉池。《两京新记》载，开元二十年，自大明宫筑夹城，以达兴庆宫，再经兴庆宫至芙蓉园和曲江。“仗”，仪仗。“白日雷霆”，形容车马仪仗的赫赫声势。恰好碰上玄宗此时偕诸杨出游曲江。

⑥ 这两句写曲江。“阊阖”，天门，此处指江滨宫殿之门。“呹（yì）荡荡”，光艳阔大之意。呹，光艳。“翠幕”，达官贵人宴游时所搭的华丽帐幕。“银榜”，宫殿门前所悬之匾额，色富丽。“排银榜”，言翠幕多而华丽、势排银榜。“排”，列，编次。

⑦ 这两句写所见玄宗一行在曲江欣赏歌舞。上句写舞，下句写歌。“缘云”，这里形容歌声嘹亮，转而愈高，有似缘云而上。王延寿《灵光

殿赋》：“缘云直上。”

以下八句，以寓身世感慨。

⑧“年年”，犹往年。“人”，杜甫自指。未醉已悲，时杜甫困居长安，值天宝季年，悲国之不安、政之不明、人之老大、身之困穷，故曰未醉而先悲。数茎白发，言人徒老大；深杯不辞，言借酒浇愁也。

⑨“圣朝”，封建时代对当代王朝之称。“贱士”，杜甫自谓。“丑”，言其科场不利仕途不利，困居愁城尤为不利。“一物”，即一草一木，杜甫虽言自己是“贱士”，但总算万物中之一物，如今窘迫已极，岂非有累圣朝之盛德？故带出下文“此身饮罢”。

⑩这两句诗写饮罢的茫然。馀人醉醺醺已去，而杜甫茫然无所措，还留在乐游园，对着苍茫的暮色而吟出此诗。对自身及时局的忧虑以及历史的深沉感，自见言外。

丽人行①

三月三日天气新，长安水边多丽人②。态浓意远淑且真，肌理细腻骨肉匀③。绣罗衣裳照暮春，蹙金孔雀银麒麟④。头上何所有？翠微匐叶垂鬓唇⑤。背后何所见？珠压腰衱稳称身⑥。就中云幕椒房亲，赐名大国虢与秦⑦。紫驼之峰出翠釜，水精之盘行素鳞⑧。犀箸厌饫久未下，鸾刀缕切空纷纶⑨。黄门飞鞚不动尘，御厨络绎送八珍⑩。箫鼓哀吟感鬼神，宾从杂遝实要津⑪。后来鞍马何逡巡，当轩下马入锦茵⑫。杨花雪落覆白蘋，青鸟飞去衔红巾⑬。炙手可热势绝伦，慎莫近前丞相嗔⑭！

① 杨玉环被册封为贵妃后，杨氏兄妹皆贵，至天宝十一载十一月，其堂兄杨国忠竟成为右丞相。此诗作于天宝十二载（753）春天，对杨氏兄妹骄纵荒淫的讽刺，曲折反映了天宝季年君王之昏聩和政治之腐败。

②“三月三日”，古风俗，三月的第一个“巳”日为上巳日，是节日，后改为三月初三，长安习俗，仕女此日多游赏于曲江。“长安水边”，指城南的名胜曲江。“丽人”，泛指贵族妇女。

③“态浓”，指姿态浓艳。“意远”，神气高远。“淑且真”，娴静又端庄。“肌理细腻”，皮肤白皙，即《诗经》所谓的“肤如凝脂”。“骨肉匀”，身材匀称。

④“蹙（cù）金”，古代的一种刺绣工艺，用金线绣在织物上，以使图案凸出。这句是说丽人身上的绣罗衣裳，以金线绣出孔雀，用银线绣出麒麟。

⑤“翠”，翡翠。“㔩（è）叶”，妇女髻上戴的花叶状饰物，以翡翠所做。“鬓唇”，鬓边。

⑥“珠压腰衱（jié）”，缀着珍珠的腰带。

以上泛写江边丽人的美仪和盛妆。

⑦ 这两句以下，是从丽人中专挑出杨氏姊妹来写。“就中”，其中。“云幕”，画着云彩的帐幕，供郊游时休息宴饮之用。“椒房”，汉皇后所居之宫殿。以椒和泥涂壁，取温、香、多子之义，后因以椒房为后妃之代称。“椒房亲”，皇后的亲属，此处指杨贵妃的姐姐。“虢与秦”，《旧唐书·杨贵妃传》：“太真有姊三人，皆有才貌，并封国夫人。长曰大姨，封韩国，三姨封虢国，八姨封秦国，并承恩泽，出入宫掖，势倾天下。”

⑧ 这两句写杨氏姊妹曲江饮宴之精美。“驼”，即骆驼。驼峰羹是当时贵

族享用的名菜。“翠釜”，翠（暗绿）色的炊具。“水精”，即水晶。“行”，传递。“素鳞”，白色的鱼。

⑨ 这两句写丽人对名贵食物已厌腻的骄奢之状。“犀箸”，用犀牛角制作的筷子。箸，筷子。“厌饫（yù）”，已吃腻了，毫无食欲。“厌”，同“餍”。“饫”，饱。“銮刀”，带铃的刀子。古时祭祀时用来切肉，这里借指御厨用刀。“空纷纶”，白白地忙活了一阵子。纷纶，忙乱。

⑩ 这两句写皇帝宠赐优渥。“黄门”，宦官太监。“鞚”，马络头。“飞鞚”，骑马飞驰而来。“御厨”，皇家的厨房。“八珍”，古代相传八种珍贵的名菜，这里泛指名贵食品。

⑪ 这两句写箫鼓声传来，众多随从占据曲江要道（禁止他人往来）。“杂遝（tà）”，众多纷杂貌。“实要津”，充满了交通要道。

⑫ 这两句写杨国忠逡巡而来。“后来鞍马”，即指丞相杨国忠。“后来”，晚到。“逡巡”，徐行貌。此处指杨国忠大模大样，旁若无人的骄态。“锦茵”，锦做的地毯。

⑬ 这两句语含双关。其一，是说杨国忠来了以后人声鼎沸，直闹得杨花（柳絮）如雪般飘落，树上的鸟儿也受惊飞去。“红巾”，女性常用之物，大抵因人群拥挤而遗落在地，为鸟所得。其二，是说杨国忠与虢国夫人关系暧昧。“杨花”，寓姓。白蘋，是浅水中之植物，无根者曰萍，有根者曰蘋。北宋陆佃《埤雅》卷十六：“世说杨花入水化为浮蘋，据此，则杨花浮蘋本是一体。”“杨花覆白蘋”，影射杨国忠与虢国夫人苟且之事。“青鸟衔红巾”，也暗示杨国忠与虢国夫人不正常的关系。“青鸟”，传说中西王母的使者。《汉武故事》云，西王母与汉武帝有约，即遣青鸟预先通报。

⑭ 这两句写杨国忠势焰熏灼，游人莫敢近前。“炙手可热”，指杨国忠势焰灼人。“绝伦”，无人能比。“丞相”，指杨国忠。“嗔”，发怒。

同诸公登慈恩寺塔[①]

高标跨苍天，烈风无时休[②]。自非旷士怀，登兹翻百忧[③]。方知象教力，足可追冥搜[④]。仰穿龙蛇窟，始出枝撑幽[⑤]。七星在北户，河汉声西流[⑥]。羲和鞭白日，少昊行清秋[⑦]。秦山忽破碎，泾渭不可求[⑧]。俯视但一气，焉能辨皇州[⑨]。回首叫虞舜，苍梧云正愁[⑩]。惜哉瑶池饮，日晏昆仑丘[⑪]。黄鹄去不息，哀鸣何所投。君看随阳雁，各有稻粱谋[⑫]。

① 本篇系天宝十一载（752）秋日所作。“诸公”，指高適、岑参、储光羲、薛据。他们同游慈恩塔，每人作诗一首。题下原注：“时高適、薛据先有此作。”故曰“同”，同者，和也。即唱和之作。“慈恩寺塔”，即大雁塔，见岑参《与高適薛据登慈恩寺浮图》注①。该塔是玄奘在永徽三年（652）年所立。杜甫写此诗时，已困居长安六七年，前程渺茫，又见时局已现危机之状，故感而赋诗，以抒愤懑并对时事作尖锐之讽刺。

② 这两句写塔身之高。“高标”，指塔顶。“跨苍天”，即高出青天。详见岑参《与高適薛据登慈恩寺浮图》注⑤。“天”，一作“穹”。塔高，故凌风，风烈而不止。

③“旷士”，旷达之士。“翻百忧”，反而增加了无限忧愁。

④“象教”，佛教。佛教假借形象以教人，故曰“象教”。无佛教即无此塔，故曰象教力。

⑤ 这两句写登塔之状。“仰穿”句，写塔内磴道屈曲盘旋，如穿龙蛇之窟穴，“始知”句，写历尽盘错，始出其幽。“枝撑”，塔中斜柱。

《黄山谷别集·杜诗笺》："慈恩寺塔下数级皆枝撑洞黑，出上级乃明。"

⑥"七星"，北斗星。"河汉"，银河，也称天河。"声西流"，银河到秋天渐渐转向西方，故曰"声西流"。以下四句，写仰观于天，以见塔高。

⑦"羲和"，传说中太阳神的御者。古神话说羲和"鞭白日"，表示加鞭以使太阳神行进得快，也就是时间过去得快。"少（shào）昊"，传说是黄帝之子，称金天氏，是主管秋天的神。这两句点出登临时，正值清秋日暮时分。

⑧"秦山"，指长安南的终南山。"忽破碎"，因是日暮时登塔看山，能看见群峰的大小错杂、高者受阳低者背阴的颜色驳杂，有如"破碎"，着一"忽"字，自显与惯常在平地看山只有苍黛之整体感觉不同。此寓玄宗之失道。"泾渭"，泾水与渭水，皆流经长安城北，泾水由此汇入渭水。"不可求"，泾渭之水，一浊一清，而从城南的慈恩寺塔望去，清浊难辨。故曰"不可求"。此寓政治之昏暗。这四句并非单纯写景，亦以景物之破碎、之模糊而寓时局之堪忧。以下四句，写俯视于地。

⑨"俯视"句，言俯视皆是败乱之象。"皇州"，京城长安。皇州莫辨，言黄昏荫翳，伤天下无纲纪也。《通鉴》卷二一六载，李林甫"凡在相位十九年，养成天下之乱"。

⑩"虞舜"，上古圣君，受唐尧之禅。唐高祖号神尧皇帝，太宗受内禅又是明君，故以"虞舜"称之。"苍梧"，传说虞葬于苍梧之野。《山海经·海内经》："南方苍梧之丘中有九疑（嶷）山，舜所葬。"以舜葬苍梧比太宗之昭陵。"回首"，因慈恩寺塔在长安城东南，上文所写俯视长安是方向在北，而南望苍梧，故须"回首"。"叫"，呼。"云正

愁”，意寓昭陵上空之云仿佛也为此时的昏政发愁。

⑪“瑶池饮”，古代传说中西王母宴周穆王事。《列子》：“周穆王升昆仑之丘，遂宾于西王母，觞于瑶池之上，乃观日之所入。”“日晏”，日落。这两句借以讽刺玄宗与贵妃游宴骊山的荒淫生活。《通鉴》卷二一六：“上（玄宗）晚年自恃承平，以为天下无复可忧，遂深居禁中，专以声色自娱，悉委政事于奸相李林甫。”

⑫这四句，以黄鹄和雁作比，为己忧虑，更为世所忧虑。“黄鹄”，健飞之鸟，传说其“一举千里”。比喻世之良材，亦有自比意。“去不息”，皆遭排斥而高飞远去。“何所投”，何所投止，即难以投奔。其《奉赠韦左丞丈二十二韵》句“白鸥没浩荡，万里谁能驯”可参读。“随阳雁”，雁为候鸟，秋季南飞，春季北飞，以寻温和之地。此处喻趋炎附势、追逐私利的小人。“稻粱谋”，本指鸟觅食，后喻人谋求衣食。

春望①

国破山河在，城春草木深②。感时花溅泪，恨别鸟惊心③。
烽火连三月，家书抵万金④。白头搔更短，浑欲不胜簪⑤。

①此诗是至德二载（757）三月杜甫身陷长安时所作，正值花时，反而伤心，只因国破，家亦乱离也。

②这两句写国破之惨痛。“国破”，国家残破，作国都已破亦通。“山河在”，山河依旧（而国事全非），此正如晋人“风景不殊，正自有山河之异”况味。“草木深”，草木茂盛而人烟稀少（叛军入长安曾大肆焚杀）。

③ 这两句写对国事之忧和家事之虑。司马光谓："花鸟平时可慰之物，见之而泣，闻之而悲，则时可知矣。"（《温公续诗话》）此言甚是。"花溅泪""鸟惊心"中，溅、惊二字是使动用法。全句的意思是因感伤国事，春花使我溅泪；因恨别之苦，鸟声使我惊心。

④ 这两句写烽火之惊，家书之贵。"烽火"，指战事。"连三月"，谓安史乱后战火一直延续到当春三月。"抵万金"，极言家书之可贵。抵，相当。"烽火"句以应"感时"，"家书"句以应"恨别"。感时以忧国，恨别以忧家，忧国忧家，使人共鸣，因成千古名句。

⑤ 这两句写人徒老大的嗟叹。"白头"，指白发。"搔"，用指甲挠。"簪"，古时男女绾发所用的首饰。"浑"，简直。"欲"，将要。"不胜簪"，是说白发稀疏且短，几乎戴不上发簪了。

哀江头①

少陵野老吞声哭，春日潜行曲江曲②。江头宫殿锁千门，细柳新蒲为谁绿③？忆昔霓旌下南苑，苑中万物生颜色④。昭阳殿里第一人，同辇随君侍君侧⑤。辇前才人带弓箭，白马嚼啮黄金勒⑥。翻身向天仰射云，一笑正坠双飞翼⑦。明眸皓齿今何在？血污游魂归不得⑧。清渭东流剑阁深，去住彼此无消息⑨。人生有情泪沾臆，江水江花岂终极⑩！黄昏胡骑尘满城，欲往城南望城北⑪。

① 本篇与《春望》同作于至德二载春。作者通过潜行曲江而感于唐明皇与杨贵妃的历史悲剧，抚今追昔，以申国破家亡之大痛。明皇奔蜀，

一君痛；贵妃被缢，一身痛；渔阳鼙鼓动地来，天下痛。“江头”，指长安游赏胜地曲江。

②“少陵野老”，杜甫自指。少陵是汉宣帝许后的陵寝，在杜陵附近，杜甫困顿长安期间，曾在这里居住，故有是称。谓“野老”，言人徒老大，杜甫时年四十有六。“吞声哭”，是把眼泪往肚里咽，不敢哭出声来。“潜行”，秘密行走。曰吞声、曰潜行，唯恐叛军知也。“曲江曲”，曲江冷僻的角落。

③这两句有故宫黍离之感，写曲江之萧条。《剧谈录》：“曲江池花昌周环，烟水明媚，江侧菰浦葱翠，柳荫四合，碧波红蕖，湛然可爱。”“锁千门”，“为谁绿”，曲江之少有人迹，一言昨是而今非。国破竟致草木而无主，怨从中来，难以断绝。以上四句为“目今”。

④“南苑”，即芙蓉苑。因苑在曲江之西南，故名。“生颜色”，犹增添光彩。

⑤“昭阳殿”，汉代宫殿名。汉成帝宠赵飞燕居昭阳殿，昭阳殿里第一人，本指赵飞燕，唐人以汉喻唐，暗指杨贵妃。“同辇随君”，典出《汉书·外戚传》：“成帝游于后庭，尝欲与（班）婕妤同辇载，婕妤辞曰：‘观古图画，圣贤之君，皆有名臣在侧，三代末主，乃有嬖女，今欲同辇，得无近似之乎！’上善其言而止。”这句极写明皇之昏聩与杨妃之专宠。

⑥“才人”，宫中女官。

⑦“仰射云”，即仰射云中的飞鸟。“一笑”，指杨贵妃因才人射中鸟而笑。射禽供笑，宫人献媚也。“笑”，一作“箭”，一作“发”。萧涤非认为当作“笑”。“一则上言‘仰射’，一箭自不待说；再则杜甫所要写的人物本是贵妃而不是才人；三则说‘一笑’，方与下句密切关联，并构成尖锐的对照。‘正坠双翼’，也暗含玄宗、贵妃马嵬折散

事。”以上八句，是追忆安史乱前杨妃出游曲江之盛及受宠之幸。属“忆昔”。

⑧“明眸皓齿”，形容美人，此处指杨贵妃。《旧唐书·杨贵妃传》：“及潼关失守，从幸马嵬，禁军大将陈玄礼密启太子，诛国忠父子。既而四军不散，玄宗遣力士宣问，对曰‘贼本尚在’，盖指贵妃也。力士复奏，帝不获已，与妃诀，遂缢死于佛室。时年三十八，瘗（yì，埋葬）于驿西道侧。”

⑨“清渭东流”，指贵妃缟葬渭滨。马嵬南濒渭水。“剑阁深”，言唐明皇奔蜀之路遥远。“剑阁”，栈道名。在剑阁县大剑山与小剑山之间。此句深致乱后之悲。“去住”句，言明皇奔蜀，妃子游魂，死生异路两无消息。

⑩“人生有情”，此情指而触景伤怀者之情。“臆”，胸。“泪沾臆”，应“吞声哭”。两句言天地变色，人有情而景物无知。唯其无知，更显人悲。“江水江花”，指曲江的水与花。因其无知，遂年年如故。“终极”，犹穷尽。应“为谁绿”。

⑪“胡骑”，指安史叛军的兵马。“欲往”，将往。“欲往城南望城北”，时杜甫住在城南，黄昏该回住处，故曰“欲往城南”。“望城北”有三说：一曰望官军北来收复京师，因肃宗时在彭原，地当长安之北，回望城北见其盼望王师之切；一曰唐代皇宫大明宫在城北，回望城北，见其眷念故国之忱；一曰“望”即“向”，“望城北”就是因心烦意乱，而向城北。问题是二说中的城北大明宫，固然是高宗以来数代皇帝主政之地，然而玄宗自开元十六年（728）起，主政却在南内兴庆宫，长达二十七八年，杜甫若望皇宫，似应望兴庆为是；至于三说中的“望”与“向”，旧注云：“北人谓向为望，欲往城南乃向北，亦不能记南北之意。”因杜甫内心忧愤焦虑，遂懵懂去反了方向。而味

诗中之义，杜甫恐不至如此。又杜诗中，“望”“向”之义并不混淆。最典型的例证，就是《北征》中的“都人望翠华，佳气向金阙”之句。古人云，诗无达诂，此三种说法，请读者诸君体味之。以上八句是作结，回应诗题之“哀”。

曲江二首①

一片花飞减却春，风飘万点正愁人②。且看欲尽花经眼，莫厌伤多酒入唇③。江上小堂巢翡翠，苑边高冢卧麒麟④。细推物理须行乐，何用浮名绊此身⑤。

① 此诗作于乾元元年（758）春，时作者任左拾遗。因其疏救房琯事，已被肃宗疏远，故虽居谏职而志不得伸，遂使满腹忧愤而托于曲江之游。

②“一片”句，一花飞而知春已减，与“一叶落而知天下秋”同义。“风飘万点”，指春花纷谢。宋秦观句“春去也，飞红万点愁如海”（《千秋岁》）可参读。

③ 这两句，有两解，皆可通。一解为上五下二句法：“欲尽花”，将尽之花。欲尽，将尽。“经眼”，犹过眼。“伤多酒”，过多之酒，即饮超量之酒。一解为上四下三句法。伤多，伤（指饮酒过度而感到厌烦）于酒也。以上三句写落花，极反复层叠之秒，接入第四句，魂销欲绝。

④ 安史陷长安后，公卿被杀，曲江建筑亦多被毁。堂空无主，任翡翠鸟来巢，冢废不修，致石麒麟仆卧。“苑”，指芙蓉苑，在曲江西南。

⑤“推”，推想。“物理”，指事物的盛衰变化之理。“浮名”，虚名。这

两句字面的意思是物理变迁如此，故须及时行乐。而其实质是感慨语：空有报国之情，非行乐而何求？难尽拾遗之职，非浮名而何谓？声言“须行乐”，却是苦中作乐也。“名”，一作“荣”。

朝回日日典春衣，每日江头尽醉归①。酒债寻常行处有，人生七十古来稀②。穿花蛱蝶深深见，点水蜻蜓款款飞③。传语风光共流转，暂时相赏莫相违④。

①“朝回”，退朝后回家。“典”，典当，即抵押。春日而典春衣，足见贫甚也。“尽醉归”，耽酒也。点衣而买醉，足见以酒浇愁也。

② 酒债多有，是积贫也；七十者稀，故须尽醉也。欲“致君尧舜上”的杜甫，此时窘迫已甚，其苦闷之情，唯诗可表。故此两句，大是愤激之言。

③ 这两句是曲江即景。“蛱蝶”，即蝴蝶。“深深见”，即忽隐忽现，因蝶穿行花间也；“款款飞”，即缓缓飞。因蜻蜓须轻轻点水也。

④“传语”，犹言“寄语”。“共流转”，犹共盘桓。“莫相违”，（春光）不要急速抛人而去。时已暮春，故曰“暂时相赏”；人与春光俱无奈，岂能“不违”。杜甫写此诗后两个多月，即六月出为华州司功参军。

春宿左省[①]

花隐掖垣暮，啾啾栖鸟过[②]。星临万户动，月傍九霄多[③]。不寝听金钥，因风想玉珂[④]。明朝有封事，数问夜如何[⑤]。

① 此诗系乾元元年（758）春所作，杜甫时任左拾遗，属门下省。门下省在含元殿宣政殿中轴线之东，故称东省，亦称左省。“宿”，值宿。仇兆鳌注：“自夜至朝叙述详明，而忠勤为国之意，即在其中。”

② 这两句写花隐鸟宿的黄昏之景。“掖垣”，本指“左掖”的围墙，这里代指门下省（左掖）。花隐鸟栖，时已暮矣。“啾啾”，象声词，这里指鸟叫声。栖鸟，日暮投巢之鸟。

③ 这两句写星临月近的夜中之景。“星临”句，言夜空中，星光闪动，宫中千门万户也似在闪动。“月傍”句，双关语，既言宫殿高入云霄，故觉得月独多；又言月傍帝居，因觉得月独多。“九霄”，犹九重天，天上最高处，此处指朝廷。

④ 这两句写听钥想珂的不寝之意。“金钥”，指开宫门的锁钥声。“玉珂”，马勒以贝饰之，色白如玉，振动则有声。早朝天尚未明，开启宫门为时更早，心念之，故不寝而听；百官上朝皆骑马，风吹檐间铎鸣，有似玉珂，故不寝而想。

⑤ 这两句写亟待上朝的不寝之由。“封事”，即密封的奏章。百官上书奏机密事，为防止泄密，故用黑色的袋子封缄进呈，因称封事。杜甫时任左拾遗，掌供奉讽谏。“数问”，数次询问（宵夜时辰），因极为重视上封事，故如此。

至德二载，甫自京金光门出，间道归凤翔，乾元初从左拾遗移华州掾，与亲故别，因出此门，有悲往事[①]

此道昔归顺，西郊胡正繁[②]。至今残破胆，应有未招魂[③]。
近得归京邑，移官岂至尊[④]。无才日衰老，驻马望千门[⑤]。

① 本篇作于乾元元年（758）六月，杜甫因在左拾遗任上，疏救宰相房琯，乾元元年五月房琯罢相后，杜甫坐琯党，六月，即出为华州司功参军。“金光门”，唐长安城西城墙有三门，中曰金光门，南曰延平门，北曰开远门。“间道归凤翔”，由小道逃窜归肃宗在凤翔的行在所。

② “归顺”，从叛军中脱逃而归唐。“胡正繁”，指安史叛军团聚于长安西郊逞其凶锋。繁，多。

③ 这两句是说回想起脱逃事仍觉胆破魂失。“招魂”，《楚辞·招魂》：“魂兮归来，入修门些。”

④ “近侍”句言其去拾遗而逐华州之事。“近侍”，指左拾遗。“京邑”，指华州，华州，位于长安之东，距离不远，故曰京邑。“移官”，移职新官，此处实际上是贬官。“至尊”，指肃宗。“岂至尊”，岂能是皇帝的意思？此处虽不敢归怨于君，而讽意自在。

⑤ 这两句写不愿履新职之情。“无才”句，自责无用也；“驻马”句，欲“致君尧舜上”而不忍相离也。“千门”，指宫殿。

秋兴八首（选二首）

一[①]

闻道长安似弈棋，百年世事不胜悲[②]。王侯第宅皆新主，文武衣冠异昔时[③]。直北关山金鼓振，征西车马羽书驰[④]。鱼龙寂寞秋江冷，故国平居有所思[⑤]。

①《秋兴八首》是杜甫漂泊夔州（州治在今重庆奉节）期间所作，时在大历元年（766），它是一组结构完密的七律，悲壮苍凉，指意深广。杜甫自评《秋兴》云："毫发无遗憾，波澜独老成。""兴（xìng）"，兴趣，感兴。本篇原列第四首，写对长安的忧思。

②"弈棋"，下棋。比喻权力争夺不停，局势变化不定。这两句叹长安多经丧乱之状。"百年"，指唐开国至写此诗时的大历元年，历一百五十年。百年是举其成数。一说百年是虚数，犹人生不过百年之百年，杜甫自谓平生经历。"世事不胜悲"，言朝局之乱，长安既破于安禄山，再陷于吐蕃，如弈棋迭为胜负。

③这两句写新贵之得意。"王侯"句，既言王侯之家，委弃逃窜，宅第易为新主，又言其被新贵所夺。如中书令马周之宅归了虢国夫人。更言安史乱后，大臣宿将竞置豪宅，故云。"衣冠"，士大夫，官绅。这里指贵官。这句是说玄宗信任蕃将，而肃宗尤宠宦官，国之重任，轻掷于人，故曰"异昔时"。

④这两句写安史乱后，长安又遭回纥、吐蕃入侵。"直北"，指长安以北，其时在北面有回纥的入侵。"金鼓"，钲和鼓。古代军中所用乐器

名。钲是铃铎类响器，鸣钲（金）收兵，鸣鼓则进兵。“羽书”，军事文书，据《通鉴》卷二二三记载，广德元年（763）吐蕃入侵关中、陷长安，代宗东逃陕州。广德二年，唐将仆固怀恩反，自灵武引兵南下，引回纥、吐蕃兵进逼奉天、邠州，永泰元年（765），仆固怀恩又引回纥、吐谷浑、党项、奴刺数十万众入关中。吐蕃兵自北道攻奉天，党项兵自东道攻同州，吐谷浑、奴刺兵自西道攻盩厔（今作周至）。是时西北多事，故金鼓震而羽书驰。

⑤ 这两句说自己漂泊在夔州，心怀长安之事。“鱼龙寂寞”，因秋江之冷，鱼龙蛰伏江底，故云寂寞。“故国”，指长安。“平居”，犹言平时、平素。《杜工部草堂诗笺》中《秋兴》之四：“‘鱼龙寂寞秋江冷，故国平居有所思。’注：‘言故国平时之事，今有所思也。’”

二[②]

瞿塘峡口曲江头，万里风烟接素秋[②]。花萼夹城通御气，芙蓉小苑入边愁[③]。朱帘绣柱围黄鹄，锦缆牙樯起白鸥[④]。回首可怜歌舞地，秦中自古帝王州[⑤]。

① 本篇原列第六首，是对曲江，也是对长安的忧思。瞿塘峡，是长江三峡中的第一峡（另两峡为巫峡和西陵峡），作者时在夔州，近瞿塘峡。曲江在长安。点出忧思之地和所思之地。

②“风烟”，犹风尘。写景中亦含兵象。“素秋”，秋季。古代五行说，以金配秋，其色白，故曰素秋。

③ 这两句是回忆当日曲江盛况。“花萼”，花萼楼。“夹城”，《玄宗纪》：

"开元二十年六月，遣范安及于长安广花萼楼，筑夹城至芙蓉园。""御气"，天子之气。玄宗由花萼楼夹城而到曲江，故曰通御气。"芙蓉苑"，即芙蓉园。在曲江西南的离宫内，园内有芙蓉池。这句言帝王的逸乐游宴招致来无穷的"边愁"。

④ 这两句再忆当时曲江之繁盛。"珠帘绣柱"，言江头宫殿之华丽也。"锦缆牙樯"，言江中舟楫之华美也。"围黄鹤"，言宫殿之多，沿江环绕，故黄鹤之举若受包围也；"起白鸥"，言舟楫之多，使鸥惊起也。

⑤ 末二句承上，慨叹繁华歇后的落寞。"歌舞地"，指曲江。"秦中"，关中，此处特指长安。"帝王州"，帝王建都的地方。"可怜"，值得怜悯。怜曲江当年的繁华、后来的荒寂。寓指斥于惋惜中。

钱　起

钱起（722—780），字仲文，吴兴（今浙江湖州）人，天宝十载（751）进士及第，曾任考功郎中、翰林学士等职。世称"钱考功"，系"大历十才子"之一。诗以五言为主，多道别送赠之作，虽温秀蕴藉，然内容稍失厚重。有《钱考功集》。《全唐诗》编其诗四卷。

题樊川杜相公别业[①]

数亩园林好，人知贤相家[②]。结茅书阁俭，带水槿篱斜[③]。
古树生春藓，新荷卷落花。圣恩加玉铉，安得卧青霞[④]。

①“杜相公”，即杜佑（735—812），字君卿，京兆万年（今陕西西安市）人。德宗贞元末擢检校司徒同平章事（即宰相）。“相公”，古时对宰相的称呼。“别业”，即别墅。本宅外所建的园林游息处所。

②“贤相家”，杜佑的别墅。《旧唐书·杜佑传》：“佑城南樊川有佳亭林，卉木幽邃。”“亭馆池林，为城南之最。”

③“结茅”，指盖造简陋的房屋。此处特指为营造山野之味，并非财力难及也。“书阁”，即书房。“槿篱”，用木槿花树栽成的篱笆。

④“玉铉”，《易·鼎》：“上九，鼎玉铉，大无不利，象曰：玉铉在上，刚柔节也。”铉，鼎扛、贯鼎耳，以举鼎，在鼎的最高处。后比喻处于高位的大臣。“安得”，哪得。“卧青霞”，指在别墅中逍遥自在。青霞，春日的彩云。这两句是说，皇帝对杜佑委以重任，那杜估怎能有机会在别墅中逍遥自在呢。

乐游原晴望上中书李侍郎①

爽气朝来万里清，凭高一望九秋轻②。不知凤沼霖初霁，但觉尧天日转明③。四野山河通远色，千家砧杵共秋声④。遥想青云丞相府，何时开阁引书生⑤。

① 乐游原，见杜甫《乐游原歌》注①。“中书李侍郎”，即中书省的侍郎李某。侍郎，为各部尚书的副职。

②“凭”，据。“九秋”，秋天。因秋季三个月共九十天，故云。

③“凤沼”，指中书省。中书省在武则天称帝后曾改称“凤阁”。“尧天”，唐尧为古代传说中的圣君。尧天，语出《论语·泰伯》：“唯天为大，唯尧则之。”谓尧能法天以推行教化。后因以尧天称颂帝王盛德和太平盛世，此处是歌颂肃宗。

④这两句说，山河远色，望之悦目；杵声秋声，闻之悦耳。“砧杵”，捣衣石与棒槌，喻浣洗。“秋声”，秋时西风作，草木摇落露为霜，多肃杀之声，故曰秋声。

⑤“青云”，喻官高爵显。“丞相府”，在唐代，中书省为宰相之衙，其长官称宰相，即丞相。侍郎副之，故称丞相府。“开阁”，指延揽贤才。《汉书·公孙弘传》：公孙弘“数年至宰相封侯，于是起客馆，开东阁以延贤人，与参谋议”。“引书生”，汲引书生。书生，作者自指。

韩　翃

韩翃，字君平，南阳（今河南沁阳附近）人，天宝末中进士第。曾充淄青和宣武节度使的幕僚。后官驾部郎中知制诰（负责起草皇帝诏书），终中书舍人。在大历十才子中，他与李益很是突出。韩翃集中送别诗占十之八九，最见圆熟。其诗兴致繁富，为时所称。《全唐诗》编其诗三卷。

寒食[①]

春城无处不飞花，寒食东风御柳斜[②]。日暮汉宫传蜡烛[③]，轻烟散入五侯家[④]。

① 本篇是韩翃博得盛名之作。“寒食”，节令名。在清明前一日或二日，相传春秋时介子推辅佐重耳（晋文公）回国后，不受封，隐于山中，重耳找不到他，以为烧山可以逼其出来好给封赏，介子推抱树而死。重耳为悼念他，禁止在介子推死日生火煮饭，只吃冷食。以后相沿成习，叫作寒食禁火。题一作《寒食日即事》。

②“春城”，指春日的长安城。“御柳”，皇宫和御苑之柳。

③“汉宫”，代指唐宫。“传蜡烛”，《西京杂记》：“寒食日禁火，赐侯家蜡烛。”《辇下岁时记》：“清明日取榆柳之火以赐近臣。”烛用以燃火。而此日禁火，宫中却传烛分火，以示恩宠。

④“五侯”，指宦官。东汉灵帝时，封宦官单超为新丰侯，徐璜为武原侯，具瑗为东武阳侯，左悺为上蔡侯，唐衡为汝阳侯。因为他们谋诛权臣梁冀有功，“五人同日封。故世谓之‘五侯’”。（《后汉书·单超传》）唐自肃宗、代宗时始，宦官权势甚为凶嚣，与汉末灵帝时相仿佛，致使朝政日非，韩翃对此深恶痛绝，因在诗中讽刺之。讽刺又十分巧妙，故为杰构。

此诗为韩翃赢得了极高的声誉。《唐才子传》中有云：“德宗时制诰阙人，中书两进除目（推荐知制诰者姓名），御笔不点（不批准），再请之，批曰：‘与韩翃。’时有同姓名者，为江淮刺史，宰相请孰与，上复批曰：‘春城无处不飞花韩翃也。’”

羽林骑[1]

骏马牵来御柳中，鸣鞭欲向渭桥东[2]。红蹄乱蹋春城雪，花颔骄嘶上苑风[3]。

①“羽林骑”，皇帝卫军的名称。汉武帝时始设，取“为国羽翼”“如林之盛”之义。唐设有左右羽林卫，也叫羽林军。题一作《羽林少年行》。

②这两句说羽林军之人欲鸣鞭而试马。“御柳”，御苑之柳。“渭桥”，唐时架在长安附近渭河上的桥。“向”，一作“过”。

③这两句说马的气势骏伟。乱蹋春城雪，见其拳毛动也；骄嘶上苑风，见其奔势昂也。诗中写欲向渭桥东，马尚未动，而其气已吞，良骥自不待言也。“上苑”，指唐禁苑，在城北。“蹋”，同“踏”。

皇甫冉

皇甫冉（717？—770？），润州丹阳（今江苏丹阳）人，天宝十五载进士及第。授无锡尉，仕终拾遗、左补阙。其诗天机独得，远出情外。《全唐诗》编其诗二卷。

东郊迎春[1]

晓见苍龙驾，东郊春已迎[2]。彩云天仗合，玄象太阶平[3]。佳气山川秀，和风政令行[4]。句陈霜骑肃，御道雨师清[5]。律向韶阳变[6]，人随草木荣。遥观上林树，今日遇迁莺[7]。

①“东郊”，指皇帝于长安东郊祭祀日神。迎春，指迎东方春神。

②“苍龙驾”，指皇帝銮驾。苍龙，青色的马。东方星宿名。因东方七宿组成龙象。故云。

③“天仗”，天的仪仗。“玄象”，天象。日月星辰，在天成象，故称。“太阶”，泰阶。星名，即三台。上台、中台、下台共六星，两两并排而斜上，如阶梯，故名。晋张载注云：“泰阶者，天之三阶也。……三阶平则阴阳和，风雨时，岁大登，民人息，天下平，是谓太平。”“太”，通“泰”。

④“和风”，在此处系双关语，一指春天温和的微风，一指情意温厚。

⑤“句（gōu）陈”，星名，在紫微垣内，最近北极，谓之极星。《晋书·天文志》：北极五星，鉤陈，后宫也，大帝之正妃也，大帝之常居之。也以指称后宫。这里指天帝（大帝）之后宫。“霜骑”，行霜之使者。“肃”，收敛。霜骑肃，是说春暖，天已无霜。“御道”，这里指天帝所经之道。“雨师”，司雨之神。“清”，澄清。引申为洁除。这句是说，雨过而天青。

⑥“律”，规则，规律。“韶阳”，美好的阳光，指春光。这句是说春回大地，万象更新。

⑦“上林”，见李隆基《春台望》注⑬。“树”，一作“苑”。“迁莺”，黄莺迁来，谓之喜也。《诗经·小雅·伐木》：“伐木丁丁，鸟鸣嘤嘤。出于幽谷，迁于乔木。”写鸟儿由低处迁到高处。

刘方平

刘方平，河南洛阳人，隐居不仕。其诗多悠远之思，陶写性灵，默会风雅，故能脱略世故，超然物外。《全唐诗》编其诗二卷。

京兆眉①

新作蛾眉样，谁将月里同②。有来凡几日，相效满城中③。

①“京兆眉”，指汉代京兆尹张敞替妻子所画之眉。《汉书·张敞传》：张敞“为妇画眉，长安中传京兆眉怃（美好）”。刘方平以写京兆凡有好的化妆之技，满城遂也仿效。

②“蛾眉”，蚕蛾的触须，弯曲而细长，如人的眉毛，故以比喻女子长而美的眉毛。《诗经·卫风·硕人》：“齿如瓠犀，螓首蛾眉，巧笑倩兮，美目盼兮。”“月里”，指月中广寒宫的嫦娥。

③“有来”，指京兆眉之出现。清人贺裳《载酒园诗话》评曰：“似嘲似惜，却全是一片矜能炫慧之意，笔舌至此，可谓入微。”

戴叔伦

戴叔伦（732—789），字幼公，润州金坛（今属江苏省）人，贞元十六年擢进士第。历任湖南观察使、抚州刺史、容管经略使，晚年上表自请出家为道士。他当时颇有诗名，诗兴悠远。并认为“诗家之景，如蓝田日暖，良玉生烟，可望而不可置于眉睫之前也”。对后世“神韵”说颇有影响。《全唐诗》编其诗二卷。

晓闻长乐钟声①

汉苑钟声早，秦郊曙色分②。霜凌万户彻，风散一城闻③。
已启蓬莱殿，初朝鸳鹭群④。虚心方应物，大扣欲干云⑤。
近杂鸡人唱，新传凫氏文⑥。能令翰苑客，流听思氛氲⑦。

①“长乐”，汉宫名，故址在今西安市未央区。本秦兴乐宫，汉加增饰，因更名。内有长信、长秋诸殿，初为朝会之所，其后为太后所居。周围二十里。至唐尚存，天宝后废。

②“汉苑秦郊”，指长乐宫所在地。

③“霜凌”，点明作此诗时在秋冬。“风散”句，指钟声。

④ 蓬莱殿，在大明宫中。“鸳鹭群”，鸳、鹭皆为水鸟，止有班，立有序，因以喻朝官班列。

⑤“虚心”，钟为空心，故曰虚心。“应物”，适应事物变化，后也称待人接物为应物。“大扣”，用力敲。“干”，冲犯。“干云”，指钟声所传极其高远。

⑥“鸡人”，古报晓之官。“凫氏”，古官名。掌作钟之事。凫氏文，指钟声。

⑦“翰苑”，文翰荟萃之处，犹文苑。“氛氲”，盛貌。

卢　纶

卢纶（737—约799），字允言，河中蒲（今山西永济）人。曾在河中任元帅府判官，官累检校户部郎中，监察御史。系“大历十才子”之一，诗多送别酬答之作。《全唐诗》编其诗五卷。

长安春望①

东风吹雨过青山，却望千门草色闲②。家在梦中何日到，春来江上几人还③？川原缭绕浮云外，宫阙参差落照间④。谁念为儒逢世难，独将衰鬓客秦关⑤。

① 卢纶科场不利，寓居京城，伤春而作春望，写其行路难及衰鬓、客秦的感慨，当知其忧从中来。

②“却望”，回望。“闲”，安静。“草”，一作“柳”。

③“江”，指曲江。

④“宫阙”，指宫殿。“落照”，落日之光。“参差”，不齐貌。

⑤“逢世难（nàn）”，指历时八年的安史之乱（755—762）和广德元年（763）吐蕃侵扰长安，代宗奔陕州（州治在今河南陕县）之事。难，祸难，灾难。“秦关”，此处指秦中长安。“逢世难”，一作“多失意”。

贼中与严越卿曲江看花①

红枝欲折紫枝殷，隔水连宫不用攀②。会待长风吹落尽，始能开眼向青山③。

①“贼中”，指安史叛军所占据的长安某处。贼，指安史叛军。这首诗写与严越卿曲江看花，而书所感。

②这两句是说曲江之花并为希罕。折（shé），毁掉。“殷（yān）”，赤黑色。“宫”，指曲江边的宫殿。“隔水连宫”，言曲江花树之多。“攀”，折。折攀花枝，因爱也。

③这两句是说风吹花落后，才能眼向青山。比喻叛乱平息后，方能放眼看山。全诗以“花”喻安史叛军，故红枝花败，紫枝花殷，我不爱也。风吹花落，眼见青山，我之愿也。平息安史祸乱，世所企盼也。

章八元

章八元（743—829），睦州桐庐（今属浙江）人，登大历六年进士第。德宗贞元中，以主簿卒。《全唐诗》编其诗六首。

题慈恩寺塔[①]

十层突兀在虚空，四十门开面面风[②]。却怪鸟飞平地上，自惊人语半天中[③]。回梯暗踏如穿洞，绝顶初攀似出笼[④]。落日凤城佳气合，满城春树雨濛濛[⑤]。

①慈恩寺，见岑参《与高適薛据登慈恩寺塔》注①。慈恩寺是一座宏大的佛寺。玄奘法师从天竺（今印度）取经归国后，即在此寺翻译佛经，后经玄奘建议，于永徽四年（653）建塔以藏佛经，初仅五层，

武后长安年间倒塌，随即重建增为十层。初名慈恩寺塔，又以佛教故事中有菩萨化身为雁舍身布施之故事，亦称大雁塔。

② 这两句写慈恩寺塔之气势。十层四十门，高耸迎风。“突兀”，高貌。

③ 这两句写慈恩寺塔之高，鸟飞平地，人语半天，一“怪”一“惊”，塔高不言而喻。

④ 这两句写登塔之所感。“穿洞”，喻回梯长也。“出笼”，喻其终攀顶层，心胸豁然开朗如出樊笼也。“绝顶”，此处指雁塔最高层。

⑤ 这两句写登塔所见之皇都，凤城佳气，满城春树，赏于心而悦于目也。“凤城”，指都城长安。

独孤授

独孤授，代宗大历十四年登进士第。《全唐诗》编其诗一首。

花发上林①

上苑韶容早，芳菲正吐花②。无言向春日，闲笑任年华。
润色笼轻霭，晴光艳晚霞③。影连千户竹，香散万人家。
幸绕楼台近，仍怀雨露赊④。愿君垂采摘，不使落风沙⑤。

① 本篇篇名是大历十四年礼部侍郎潘炎主持之进士科考试诗题。“上林”，即上林苑，唐时的上林苑，在城北，是皇家御苑。

② “上苑”，即上林苑。“韶”，美好。

③这两句写上林花发之美。“轻霭”，淡淡的云气，此处指春日花时之烟气。色如润，见质美也；笼轻霭，见花多也；浴晴光，见韶容也；艳晚霞，见明丽也。

④“楼台”，指宫中之楼台。“雨露”，喻恩泽。“赊”，通“奢”。雨露赊，指上林之花承受皇恩多多。

⑤“垂采摘”，俯身采摘花朵。

常　沂

常沂，与陆贽（754－805）同时人。《全唐诗》编其诗一首。

禁中春松[①]

映殿松偏好，森森列禁中[②]。攒柯沾圣泽，疏盖引皇风[③]。晚色连秦苑，春香满汉宫。操将金石固，材与直臣同[④]。翠影宜青琐，苍枝秀碧空[⑤]。还知沐天眷，千载更葱茏[⑥]。

①“禁中”，宫中。秦汉之制，皇帝宫中称禁中，宫门户有禁，非侍卫及通籍之臣不得入内。这也可能是试帖诗。

②“森森”，高耸貌。

③“攒（cuán）柯”，聚集枝柯。“疏盖”，指树冠，松为针叶，未有浓荫，故曰疏盖。“疏”，稀疏。“皇风”，皇帝的德教，仁风。

④“将”，连词。“和”，与，同。“直臣”，持正敢言之臣。

⑤“青琐”，宫门上镂刻的青色图文。汉以后亦借指宫门。

⑥“天眷”，上天的关爱、恩眷。后多指帝王对臣下的恩宠、信赖。此处指帝王的恩眷。“葱茏”，青翠茂盛貌。

黎　逢

黎逢，登大历十二年进士第。《全唐诗》编其诗二首。

小苑春望宫池柳色①

上林新柳变，小苑暮天晴。始望和烟密，遥怜拂水轻。色承阳气暖，阴带御沟清②。不厌随风弱，仍宜向日明。垂丝遍阁榭，飞絮解帘旌③。渐到依依处，思闻出谷莺④。

①“宫池”，宫中之池。本篇系代宗大历十二年进士科应试诗。《全唐诗》卷二八八中，作同题诗者凡九人，皆为登该科进士第者。

②“色承”句，言“上林新柳变”，即由黄转绿，是由于阳气和暖之故。“御沟”，流经宫内的河道。“上林”，即上林苑，见李隆基《春台望》注⑬。

③“榭”，在台上盖的高屋。

④“依依”，茂盛的样子。《诗经·小雅·采薇》：“昔我往矣，杨柳依依。”“出谷莺”，见皇甫冉《东郊迎春》注⑦。这里写鸟的乔迁，亦寓作者希望升迁得中进士之意。

杨　凝

杨凝，字懋公，由协律郎三迁侍御史，终兵部郎中。《全唐诗》编其诗一卷。

上巳[①]

帝京元巳足繁华[②]，细管清弦七贵家[③]。此日风光谁不共，纷纷皆是掖垣花[④]。

①“上巳”，见杜甫《丽人行》注②。

②“帝京”，即京城长安。“元巳”，阴历三月第一个巳日，也叫上巳，后来专指三月初三日。

③“七贵”，西汉时七个以外戚关系把持政权的家族。这里泛指权贵。

④“掖垣”，指门下省、中书省。掖垣花，喻朝廷俊杰之士。

杨　凌

杨凌，字恭履，少以篇什著声，官终侍御史。《全唐诗》编其诗一卷。

春霁花萼楼南闻宫莺[①]

祥烟瑞气晓来轻，柳变花开共作晴[②]。黄鸟远啼鳷鹊观[③]，春风流出凤凰城[④]。

①“霁”，雨止。“花萼楼”，在兴庆宫。
②“柳变”，指柳叶由黄变绿后叶色加深。
③“鸩（zhī）鹊观”，兴庆宫中的台榭名，在花萼楼附近。
④“凤皇城”，即凤城。相传秦穆公之女弄玉，吹箫引凤，凤皇降于京城，故曰丹凤城。后因称京都为凤城。

王 建

王建，字仲初，颍川（今河南许昌）人，大历进士。初为渭南尉，后官侍御史。大和中，出为陕州司马。又从军塞上，后归咸阳。工乐府歌行，格幽思远，简括爽利，与张籍齐名，为元、白“新乐府”之先导。所作宫词百首，亦为人所传诵。《全唐诗》编其诗六卷。

宫词一百首①（选二首）

一

往来旧院不堪修②，近敕宣徽别起楼③。闻有美人新进入④，六宫未见一时愁⑤。

① 唐人为一题作诗洋洋百首者，前有王建，后则有罗虬、和凝。王建的宫词百首，所写者均属宫女之生活，据说素材得之于宗人枢密使王守

澄。《唐才子传》谓其“特妙前古”，《石洲诗话》谓其“在委曲深挚中别有顿挫”，自见王建道人所不能道之才。这里所选的二首，一为第三十九首，一为第八十八首。

②“往来”，指皇帝之往来。“堪”，一作“中”。

③“敕”，皇帝的命令。“宣徽”，即宣徽院，官署名。唐设置宣徽南北院使，由宦官担任，总领宫内诸司及三班内侍名籍和郊祀朝会宴飨供帐等事宜。“别起楼”，另建新楼。“近敕宣徽”，一作“教近金銮”。

④ 这句写闻说又进来一美丽动人之尤物。“进入”，一作“入内”。

⑤“六宫”，相传古代天子有六宫，后泛称皇后嫔妃居住的地方。“一时”，同时。此句一作“宫中未识大家愁”。旧院不堪，别起楼也；美人新入，六宫愁也，曲尽情思。清袁枚在《随园诗话》中评后两句抵得罗虬《比红儿诗》百首，是颇有见地的。

二

树头树底觅残红，一片西飞一片东①。自是桃花贪结子，错教人恨五更风②。

① 这两句，是叹桃花之薄命。“残红”，指桃花花谢。花谢花飞，红销香断，亦寓己之薄命也。

② 这两句，写桃花之落，非干风事。“贪结子”，贪图结桃。由羡而妒，错恨东风，亦寓己之哀痛也。以桃作比，既惜且怨，以见宫女之不幸也。

关于《宫词百首》，还有一段轶事，且附记于此：王建初与枢密使王守澄有宗人之分，守澄以弟呼之，谈间故多知禁掖事，作《宫词》百篇。后因宴席之上，以相讥谑，守澄深衔之，忽曰：“吾弟所作《宫词》，内庭深邃，何由知之？明当奏上。”王建当时未言，随之作诗赠守澄，末句云：“不是姓同亲向说，九重争得外人知？”守澄恐累己，事遂寝。

十五夜望月寄杜郎中[①]

中庭地白树栖鸦[②]，冷露无声湿桂花[③]。今夜月明人尽望，不知秋思落谁家[④]。

①“十五夜”，此处指中秋之夜。“杜郎中”，名不详。在唐人咏中秋的诗篇中，此为较著名者。

②“地白”，言月光皎洁，地如积水空明。亦如李太白所道，“疑是地上霜”。

③“桂花”，双关语，既指中庭的桂花，亦指月中之桂。

④“不知”句，写对月怀远的别情。明明是己而偏说“谁”，正见委婉而蕴藉。“秋思”，愁思。

李子卿

李子卿，大历末进士及第，存诗一首。

望终南春雪

山势抱西秦，初年瑞雪频[①]。色摇鹑野霁，影落凤城春[②]。
辉耀银峰逼，晶明玉树亲[③]。尚寒由气劲，不夜为光新[④]。
荆岫全疑近，昆丘宛合邻[⑤]。馀辉倘可借，回照读书人[⑥]。

① 首两句言终南山初春雪频。“西秦”，春秋战国时，秦国以地处列国之西，故称。这里代指秦（今陕西）地。

② 这两句言终南下雪之景。“色摇”，雪舞之象。“霁”，雪后初晴。“影落”，指下雪。“鹑”，此处指鹑首，古以为秦之分野，指秦地。“凤城”，指京都。

③ 这两句承上句而来，言终南雪景。“燿”，同“耀”。“逼”，迫近。“晶”，明亮，闪闪发光。

④ 这两句言雪后之景致。天气尚寒，因雪力也；天色不夜，因雪光也。“劲（jìng）”，坚强有力。“不夜”，雪色洁白，冲淡了夜色，故有此称。

⑤ 这两句极言春雪覆盖下的终南山之大。“荆岫”，即荆山，此处当指阌乡县（今河南灵宝市）南之荆山。《史记·封禅书》：“黄帝采首山铜，铸鼎于荆山下。”“昆丘”，即昆仑山，在今新疆和西藏之间，西接帕米尔高原，东延入今青海省境内，山势雄伟。

⑥ 这两句隐用南朝梁代孙康映雪读书之典。“孙康家贫，常映雪读书，清介，交游不杂。”（见《孙氏世录》）照应春雪，结语极新。

陈　翃

陈翃，一作陈诩，字载物，代宗大历中登进士第。德宗贞元中，官户部郎中，知制诰。《全唐诗》编其诗七首。

龙池春草[1]

青春光凤苑[2]，细草遍龙池。曲渚交蘋叶，回塘惹柳枝[3]。
因风初苒苒，覆岸欲离离[4]。色带金堤静[5]，阴连玉树移。
日光浮靃靡，波影动参差[6]。岂比生幽远，芳馨众不知[7]。

①“龙池”，兴庆宫中之池名。

②“青春”，春季。“凤苑”，即龙池。

③“渚”，水中间的小块陆地。“交”，交错。“蘋（pín）”，植物名，生在浅水中，相传有根者为蘋，无根者为萍。

④“苒苒”，柔细貌。“离离”，纷披繁茂貌。

⑤“金堤”，龙池之堤。

⑥“靃（huò）靡”，草弱随风倒伏。“参差”，春草高低不齐貌。

⑦ 这两句是说，草生龙池，非凡草可比，芳馨知者众多。

朱　湾

朱湾，字巨川。西蜀人，自号沧洲子，贞元元和年间，为李勉永平从事。《全唐诗》编其诗一卷。

长安喜雪[①]

千门万户雪花浮，点点无声落瓦沟。全似玉尘消更积[②]，半成冰片结还流。光含晓色清天苑[③]，轻逐微风绕御楼。平地已沾盈尺润，年丰须荷富人侯[④]。

① 题下原注：一作陈羽诗。

②“玉尘”，谓雪。

③“天苑”，帝王的花园。

④“荷”，担任。“人侯”，人民和君主。侯，君主。这句是说，瑞雪兆丰年，丰年须担负起富裕人民和君主的责任。

羊士谔

羊士谔，德宗贞元元年（785）进士及第。顺宗时，任宣歙巡官，被执政柄者王叔文所恶，贬汀州宁化尉。宪宗元和初，擢为监察御史，知制诰。后出为资州刺史。《全唐诗》编其诗一卷。

乱后曲江[①]

忆昔曾游曲水滨，春来长有探春人[②]。游春人静空地在，直至春深不似春[③]。

①“乱后”，代宗广德元年（763）十月，吐蕃陷京师长安，代宗东逃陕州。吐蕃陷京后，立广武郡王李承宏为皇帝。未过半月，郭子仪收复京师，吐蕃兵遁去。“乱”即指此。

② 这两句写昔游曲江，探春人多。

③ 这两句写乱后曲江无人游春。“空地在”，徒有空地无游人也；“不似春”，时至春深无人赏也。“乱后曲江”，逢遭国难而致萧条也。

杨巨源

杨巨源（755—?），字景山，河中（治所在今山西永济）人。德宗贞元五年（789）擢进士第。初为张弘靖从事，拜虞部员外郎。后迁太常博士、国子祭酒。文宗大和中，为河中少尹、礼部郎中，出为凤翔少尹，复召除国子司业。其七言诗平远深细，是中唐高手。《全唐诗》编其诗一卷。

城东早春①

诗家清景在新春，绿柳才黄半未匀②。若待上林花似锦，出门俱是看花人③。

① 本篇是借长安城东早春来写诗家清景的，这就是以敏锐的感觉，清新的笔法，而写出有独到境界之作品，方可避免落入人云亦云的窠臼。本篇也正是抓住了“早春”早的特点，以突出“诗家清景”之“新春”。

②“清景”，清新的景致。“绿柳”句，言柳眼初醒。在北方落叶树木中，柳是最先迎春的。枝条吐芽，其色嫩黄。“半未匀”，是说柳芽尚未吐齐。“清”，一作“新”。

③“上林”，见李隆基《望春台》注⑬。

长安春游[①]

凤城春报曲江头，上客年年是胜游[②]。日暖云山当广陌，天清丝管在高楼。茏葱树色分仙阁，缥缈花香泛御沟[③]。桂壁朱门新邸第，汉家恩泽问酂侯[④]。

① 这首诗写长安春日贵族出游，满眼富贵气象。

②“凤城”，指京城。“上客”，尊贵的客人。“胜游”，快意的游览。

③“茏葱”，青翠茂盛貌。“御沟”，流入宫内的河道。也称杨沟、羊沟。

④“桂壁朱门”，以桂香涂壁，以红漆漆门，指豪贵之家。“汉家”，代指唐家。“酂侯”，指汉代萧何，封为酂侯。此处指贵游者所得之恩泽。

张萧远

张萧远，元和间登进士第，系张籍之弟。《全唐诗》编其诗三首。

观灯[①]

十万人家火烛光，门门开处见红妆[②]。歌钟喧夜更漏暗，罗绮满街尘土香。星宿别从天畔出，莲花不向水中芳。宝钗骤马多遗落，依旧明朝在路傍[③]。

① 长安上元（正月十五）节会，热闹非凡，有高达二十丈的巨大灯轮，据说来自西方佛国，又有各种花灯。据史料记载，其时尚有千百宫女围绕灯轮连袂踏歌，又招集大批歌舞伎在大街上表演，还临时抽调长安城年轻女子千馀人，在灯轮前、大街上巡回歌舞。观者摩肩接踵，灯会的气氛甚为快乐。

② 这两句写观灯者众。因妇女平日不大出门，故显得妇女特别多。“十万人家”，知人烟之稠密也；“门门开处”，见红妆之众多也。以下写灯会热闹。

③“更漏暗”，夜已深沉也；“尘土香”，女士甚盛也。“天畔出”，灯轮之灯如星宿也；街上芳，灯如莲花也。“多遗落”，宝钗坠落而不觉也。若以双关语目之，这六句则更见绮丽，观者与歌舞者更融为一体：“歌钟喧夜”，兴味浓烈也；“罗绮满街”，有女如云也；“星宿而出”，有女惊艳也；莲花芳然，丽人出色也。“宝钗骤马”，持走马灯之女子众也，观灯之红妆多也。“钗”，旧时女性别在发髻上的一种首饰，由两股簪子组成。

卢宗回

卢宗回，字望渊，南海人。登元和十年进士第。终集贤校理。《全唐诗》编其诗一首。

登长安慈恩寺塔

东方晓日上翔鸾，西转苍龙拂露盘①。渭水寒光摇藻井，玉峰晴色上朱阑②。九重宫阙参差见，百二山河表里观③。暂辍去蓬悲不定，一凭金界望长安④。

①“翔鸾”，唐大明宫前阙名。“苍龙”，东方七宿之合称。西汉长安有东阙，亦称苍龙阙。“露盘”，指天宇。

②“渭水”，经长安城北，东流经潼关汇入黄河。“藻井”，绘有文采状如井上围栏形的天板，有荷菱等图案形。“玉峰”，指终南山峰。

③“九重”，指宫禁。极言其深远。“百二”，指关中山河险固之地。

④“辍”，停止。“去蓬”，此处喻回家。蓬，草名，蓬蒿。秋枯根拔，风卷而走。喻人飘零无定。“金界”，即佛寺。金为佛教七宝之首（其馀为银和琉璃等六宝），在《阿弥陀经》中，所述彼佛国土，黄金为地。《赞佛偈》中说，诸佛的身体是金色的，所以佛像贴金，表示对佛最高的崇敬。慈恩寺塔属佛界，故云“凭金界”。

令狐楚

令狐楚（766—837），字殼士，敦煌（今属甘肃）人。德宗贞元七年登进士第。宪宗时，擢知制诰，迁中书侍郎，同中书门下平章事。敬宗时官至尚书仆射。卒于山南西道节度使任内。与白居易、刘禹锡常相唱和。《全唐诗》编其诗一卷。

汉苑行①

云霞五采浮天阙②，梅柳千般夹御沟③。不上黄花南北望，岂知春色满神州④。

①“汉苑”，借指唐苑。题一作《望春词第二首》。

②“五采”，即五色。指青黄赤白黑五色，旧时将这五种颜色作为主要的颜色。也泛指各种色彩。“天阙”，宫门外有双阙，因称帝王所居为天阙，也指朝廷。

③“千般”，各种各样。“御沟”，见黎逢《小苑春望宫池柳色》注②。“般”，一作“枝”。

④“上”，到，去（某个地方）。“黄花”，指早春蜡梅之花和细柳之萌芽。蜡梅，色黄也；柳芽，色亦黄也，柳眼初醒，色黄而形圆，亦似花也，故云。“花”，一作“山”。愚案：作“山”为宜。黄山即龙首山（原），大明宫即在黄山上，详见骆宾王《帝京篇》注④。“神州”，指京城。这两句是说，如若不去御沟花开之处南北眺望，怎能知道春满神州。

韩　愈

韩愈（768—824），字退之，河南河阳（今河南孟州）人。他常据先世郡望自谓昌黎人，世称韩昌黎。德宗贞元中进士及第，才高，又好直言，屡被出贬，初为监察御史，上疏极论时事，贬阳山令，宪宗元和中，随裴度讨淮西，以功迁刑部侍郎。元和十四年（819），宪宗遣使迎佛骨入禁中，他上表极谏，触怒宪宗，后贬为潮州刺史。穆宗时官至吏部侍郎，故后世称韩吏部。与柳宗元同为古文运动倡导者，其散文被列为唐宋八大家之首。其诗豪放，不避粗险，驱驾气势，若掀雷挟电，撑抉于天地之间，在李杜之后，创建了新的流派。《全唐诗》编其诗十卷。

游城南十六首（选一首）

晚春①

草树知春不久归，百般红紫斗芳菲②。杨花榆荚无才思，惟解漫天作雪飞③。

① 本篇是组诗的第三首，以拟人化的手法来写晚春，颇有奇趣。

②“草树”，花草树木。“芳菲”，形容花草美，香味浓。草树知春，有情也；红紫斗芳，争艳也。

③“杨花”，即柳絮。长安多柳，灞柳风雪扑满面，是关中八景之一，说

的正是柳絮。榆荚，榆树的果实，榆未生叶前先生荚，形似钱而小，连缀成串，也称榆钱。暮春时节，榆荚已老，故随风而飞。“才思”，才气与思路。“解”，懂得，知道。

因“知”而“斗”，见花木之有情也；以“无才”而“惟解”，见杨榆之多情也。有情多情，方见晚春之繁花似锦也；拟人作论，更见作者之奇思妙想也。

早春呈水部张十八员外二首（选一首）①

天街小雨润如酥②，草色遥看近却无③。最是一年春好处，绝胜烟柳满皇都④。

① 本篇系原作二首中的第一首，是韩愈写给水部员外郎张籍的，张籍排行十八。韩愈有句云：“往往造平难”，于创作可谓经验之谈，本篇的“造平”，而擅大美，可见其超绝的艺术手法。

②“天街”，即承天门大街，皇城中的街道。北通宫城承天门，南连皇城朱雀门，是皇城的中轴线。“酥”，酥油，动物乳汁制品。此处言春雨如膏也。

③ 此句正是早春之景。韩愈将人人眼中所见而笔下皆无之景，炼成七字，而擅千古之奇。

④ 这两句是说春色之美，就在于早春。“绝胜”，极度胜过。绝，极度，独特。“烟柳满皇都”，暮春之景，好则好矣，然不新鲜。小草吐芽，早春之景，至为平常，然突出一“早”字，便见了出奇出新。韩愈以神来之笔，摄早春之魂，遂成绝唱。

刘禹锡

刘禹锡（772—842），字梦得，洛阳（今属河南）人。自言系出中山（今河北唐县定州一带）。贞元九年（793）进士，官监察御史。顺宗时因参加主张革新的王叔文集团，宪宗时即被贬朗州司马，迁连州刺史。后因裴度力荐，任太子宾客，加检校礼部尚书，世称刘宾客。刘禹锡不仅是当时进步的政治家，且是哲学家、思想家，又是杰出的诗人，其诗作多桀傲豪雄之气，绝无小儿戚戚之语。白居易评刘禹锡的诗："其锋森然，莫敢当者。"被誉为"诗豪"。《全唐诗》编其诗十二卷。

题集贤阁①

凤池西畔图书府，玉树玲珑景气闲②。长听馀风送天乐③，时登高阁望人寰。青山云绕栏干外，紫殿香来步武间④。曾是先贤翔集地，每看壁记一惭颜⑤。

① 大和二年（828），刘禹锡得到宰相裴度和窦易直的荐拔，由洛阳调回朝廷任主客郎中，不久又兼集贤殿学士。翌年改官礼部郎中，仍兼集贤殿学士。大明宫中有集贤殿，入阁者为学士、直学士、修撰官等。集贤阁，当为殿贤院中一楼阁，供官员休息。这是作者经历"二十三年弃置身"后而任京官，故在诗中抒发了难以平静的心绪。

②"凤池"，凤凰池之省称。系禁苑中池沼。魏晋南北朝设中书省于禁苑，掌管机要，接近皇帝，故称中书省为凤凰池。"图书府"，即集贤

院书院，系国家图书馆。“玉树”，对槐树的美称。

③“天乐”，此处指宫廷音乐。

④“青山”，此处指终南山。“紫殿”，指集贤殿东北方向的紫宸殿（皇帝寝殿）。“步武”，古以六尺为步，半步为武。指距离甚近。

⑤“先贤”，已经故去而有才德的人。“翔集”，众鸟飞翔而后群集于一处。语出《论语·乡党》：“色斯举矣，翔而后集。”此指先贤聚集。“壁记”，嵌在墙上的碑记，记官秩创置及迁授始末，意欲著前政履历，而发将来之健羡。作者因被贬二十四年，故而见到先贤题写在集贤阁墙壁上壁记之类的文字，就感到惭愧。刘禹锡何愧，只能说明自谦罢了。

赏牡丹

庭前芍药妖无格，池上芙蕖净少情①。唯有牡丹真国色，花开时节动京城②。

①“妖”，艳丽，妩媚。“格”，风格。“芙蕖”，荷花的别名。

②“国色”，牡丹花开富贵，色极艳丽，刘禹锡以姿容极其美丽的女子作比，创格也。“动京城”，中唐时，京城贵游赏牡丹，每春暮，车马若狂。故曰“动京城”。

终南秋雪

南岭见秋雪，千门生早寒①。闲时驻马望，高处卷帘看。雾散琼枝出，日斜铅粉残②。偏宜曲江上，倒影入清澜③。

①“南岭”，指终南山，山在长安南，故云。“千门”，指长安城中的住户。

②“琼枝”，披雪之树枝。“铅粉残”，指秋雪消融。铅粉，妇女擦脸的粉，此代指秋雪。

③“澜”，大波浪。

张 籍

张籍（约767—约830），字文昌，祖居苏州，后移居和州（今安徽和县）。贞元十四年（798）进士及第，历任太常寺太祝、水部员外郎、国子司业等职，故世称张水部或张司业。张籍最工乐府诗，风雅比兴之外，不发空泛议论，清丽而深婉，其五古、近体，在中唐也最为蕴藉。《全唐诗》编其诗五卷。

寒食内宴二首（选一首）①

朝光瑞气满宫楼，彩纛鱼龙四面稠②。廊下御厨分冷食，殿前香骑逐飞球③。千官尽醉犹教坐，百戏皆呈未放休④。共喜拜恩侵夜出，金吾不敢问行由⑤。

① 本篇写寒食节朝廷宴群臣的内宴。是《寒食内宴二首》中的第一首。

②“纛（dào）”，古代用羽毛做的舞具。“鱼龙”，杂戏。

③“香骑逐飞球”，唐代有马球运动，即打马球。唐人称为击鞠或击球，打球者骑在马上用杖击球。“球”，鞠丸。

④ 醉犹教坐，即不散宴席。

⑤ 百戏未放休，言百戏继续演出。“百戏”，古散乐杂技，如扛鼎、吞刀、爬竿，耍龙等之类。“拜恩”，拜谢皇帝之恩。“侵夜出”，至夜晚方宴罢出宫回家。在唐代，京城宵禁，故云。“金吾”，汉置官名，掌管京城戒备。唐制：左右金吾卫左右街使，掌分察六街徼巡。日暮鼓八百声而门闭，禁人夜行。（见《新唐书·百官志》）“不敢问来由”，不敢盘问。因见其由宫中而出之缘故，故不敢。由此可见与宴者的傲然感。

李　贺

李贺（790—816），字长吉，福昌（今河南宜阳）人。唐皇室远支，家世早已没落，生活困顿。因其父名晋肃，“晋”“进”同音，排挤他的人就说：“父名晋肃，子不得举进士。”被迫不得应进士考试。早慧，工诗，韩愈、皇甫湜颇奇其才。曾官奉礼郎，二十七岁早殁。李贺天才俊拔，弱冠即极擅名，其诗既表现对黑暗现实的不满，也表现自己壮志难酬的悲愤，善于熔铸词采，驰骋想象，创造出新奇瑰丽的诗境，以积极浪漫主义精神，在诗歌史上卓然自成一家。难怪严羽在《沧浪诗话》中说：“天地间自欠此体不得。”有《昌谷集》。《全唐诗》编其诗五卷。

李凭箜篌引[①]

吴丝蜀桐张高秋[②]，空白凝云颓不流[③]。江娥啼竹素女愁[④]，李凭中国弹箜篌[⑤]。昆山玉碎凤凰叫，芙蓉泣露香兰笑[⑥]。十二门前融冷光，二十三丝动紫皇[⑦]。女娲炼石补天处，石破天惊逗秋雨[⑧]。梦入神山教神妪，老鱼跳波瘦蛟舞[⑨]。吴质不眠倚桂树，露脚斜飞湿寒兔[⑩]。

① 此诗约作于元和六年至八年（811—813），时李贺在京城长安任奉礼郎。李凭系梨园弟子，是杰出的箜篌演奏家。“天子一日见一回，王侯将相立马迎”，可见演技之高。清方扶南将此篇与韩愈《听颖师弹琴》、白居易《琵琶行》推许为“摹写声音至文”。“箜篌”，弦乐器名，出自西域，有竖、卧二型，李凭所弹的是竖箜篌。《箜篌引》，乐府旧题，属《相和歌·瑟调曲》。

②“吴丝蜀桐”，代指箜篌。吴地蚕丝，蜀地桐木，皆为制造箜篌的优质材料，故云。“张高秋”，在秋高气爽时演奏。张，部署，设置。

③ 这句说，天空中的浮云因被箜篌声感染，便颓然凝滞不流，有响遏行云之意。“白”，一作“山”。

④ 这句说乐声使得神女感动。“江娥”，一作“湘娥”，传说为溺死湘江而成为水神的舜帝二妃。“素女”，传说中的神女。江娥、素女均善鼓瑟。她们的“啼”“愁”，皆因曲调幽怨感人使然。

⑤ 这句说李凭演奏地点是在长安。“中国”，国之中央，即指京城。与下文之“十二门”“动紫皇”相照应。

⑥ 这两句写乐声之张力。“昆山玉碎”，状乐声之爽脆也；“凤凰叫”，状

乐声之清亮也。“芙蓉泣”，状乐声之幽寂也；“香兰笑”，状乐声之轻快也。昆山，即昆仑山，盛产美玉。

⑦ 这两句写乐声之魅力。“十二门”，长安城东西南北各三门，共十二门；“二十三丝”，说明弦数。《通典》卷一四四：“竖箜篌，胡乐也，汉灵帝好之，体曲而长，二十二弦。竖抱于怀中，用两手齐奏，俗谓之擘箜篌。”“紫皇”，道教称天上最为尊敬的神为“紫皇”，此处指皇帝。李凭系供奉官廷的乐人，故云。“融冷光”，谓乐声激昂澎湃，人心热而冷光（秋光）融也；“动紫皇”，谓乐声美妙，感动帝王。

⑧ 这两句写乐声直上，感动了补天的女娲。女娲炼石补天的传说，见《列子·汤问》。“逗”，引。女娲停下了补天的职守，因对乐声入迷也；石破天惊，言乐声穿透力之强，使秋雨倾泻也。

⑨ 这两句写李凭梦中将绝艺教给了神山惊动了仙界。“神妪”，传说中善弹箜篌。神妪受教，心极愉悦也，鱼鲛起舞，情不自禁也。

⑩ 这两句写李凭在梦中将乐声传向了月中。吴质，即吴刚，因学仙有过，天帝罚他伐桂。他常斫之，树创随合。吴刚不眠，心陶醉也；露湿寒兔，兔亦享受乐声也。李凭之乐声，优美绝伦也。

河南府试十二月乐词并闰月（选一首）

三月①

东方风来满眼春，花城柳暗愁杀人②。复宫深殿竹风起，新翠舞衿净如水③。光风转蕙百馀里，暖雾驱云扑天地④。

军装宫妓扫蛾浅，摇摇锦旗夹城暖⑤。曲水漂香去不归，梨花落尽成秋苑⑥。

①“河南府”，据《唐书·地理志》，河南府本洛州，开元元年为府。“府试”即科举制度下的地方考试。在唐代，府试合格，方能参加尚书省的考试（省试）。本篇是李贺十二月乐词中的第三首。写长安三月之春景和皇家贵主游春享乐，有讽意存焉。

②“花城”，指长安，韩翃诗有“春城无处不飞花”之句。故云。“柳暗”，暮春三月，柳色渐由黄绿转为深绿，故曰暗柳。

③“舞衿”句，是说舞衣的颜色与青翠竹相映明净如水。借舞女而写宫中之行乐。

④“光风”，雨止月出、云丽风和的景象。“转蕙”，摇动蕙草。“风光转蕙”语出《楚辞·招魂》：“光风转蕙，泛崇兰些。”“暖雾驱云”是暮春雨后天晴常见的自然现象。

⑤“军装宫妓”，着军装的宫中歌舞女。“扫蛾浅”，淡淡地画了眉。“夹城”，两层城墙，夹着行道。《雍录》：“开元二十六年筑夹城”，可以达曲江“芙蓉园，而外人不知也”。这两句写宫妓随贵主（公主）去曲江修禊。“摇摇”，动荡貌。宫妓因军装以阳刚，故蛾眉扫蛾浅也；锦旗摇摇，人数众多，故夹城暖也。

⑥“苑”，指宜春院，即曲江所在地。曲水漂走其香，去不归也；“梨花落尽”，梨花开于春日，故其落尽，言春亦归也；“成秋苑”，言转眼冷清也。繁华逸乐，易逝而难久也。点出“愁”之所在。

元　稹

元稹（779—831），字微之，洛阳（今属河南）人。年十五擢明经科，补校书郎。元和初，对策第一，拜左拾遗，历监察御史。因与宦官及守旧官僚斗争，贬江陵士曹参军。后转而依附宦官，官至同中书门下平章事。其后被贬，最后以暴疾卒于武昌军节度使任所。元稹与白居易齐名，世称“元白”。其诗反映现实多而有力，题材广泛，言浅而思深，词微而意显。成为所谓通俗诗派的旗帜，是中唐新乐府运动中仅次于白居易的人物，有《元氏长庆集》。《全唐诗》编其诗二十八卷。

杏园①

浩浩长安车马尘，狂风吹送每年春②。门前本是虚空界，何事栽花误世人③。

①“杏园”，在长安曲江池畔。它不仅是长安赏春之盛地，更是新科进士雁塔题名时的宴会园林。元稹将这滚滚红尘与寂寂佛门相联系，立意甚为新颖。

② 这两句言长安人游赏杏园盛况。“狂风”，言车马之多之快。

③“虚空界”，佛教用语，意为眼前所见之大宝。此指慈恩寺。杏园与慈恩寺近在咫尺。“何事”句，责怪植杏致红尘滚滚而误导世人。

白居易

白居易（772—846），字乐天，号香山居士，下邽（今陕西省渭南市临渭区）人。贞元进士，授秘书省校书郎，元和年间任左拾遗及左赞善大夫。因写讽喻诗得罪权贵，宰相武元衡被刺后，他上书请亟捕贼，以雪国耻，为当政者所恶，贬江州司马。后被召为主客郎中，知制诰，又出任杭州、苏州刺史，官至刑部尚书。有《白氏长庆集》。白居易是中唐新乐府运动的倡导者，并以三千八百首的诗歌实践，对当时诗歌的发展起了重要作用。他的诗题材广泛，诗风平易通晓，广被传诵，以“讽喻诗”和“感伤诗”最为著名。《全唐诗》编其诗三十九卷。

登乐游园望①

独上乐游园，四望天日曛②。东北何霭霭，宫阙入烟云③。
爱此高处立，忽如遗垢氛④。耳目暂清旷，怀抱郁不伸⑤。
下视十二街⑥，绿树间红尘。车马徒满眼，不见心所亲。
孔生死洛阳，元九谪荆门⑦。可怜南北路，高盖者何人⑧。

① 这首诗是寄给元稹的，就是白居易所说的引起“执政柄者扼腕”的讽喻诗。“乐游园”，见杜甫《乐游园歌》注①。

②“曛”，落日，黄昏的时候。

③ 这两句写宫阙高耸入云之气象。“霭霭”，云盛貌。此“东北”可有两解：若言东方和北方，宫阙则应指兴庆宫和大明宫；若言八方之“东

北”，官阙指兴庆宫。兴庆宫在游乐园东北方。以第一解义长。

④“垢氛”，污浊喧嚣的尘俗之气。“清旷”，清楚，开阔。

⑤“怀抱”，心意，胸襟。“郁”，忧郁。

⑥“十二街”，长安城内街，为东西五街，南北七街，故云。

⑦“孔生”，即孔戡。孔戡刚正敢言，而竟不得志，在洛阳郁郁而终。“元九”，即元稹，“九”系其兄弟排行。“荆门”，县名，属江陵府。元稹谪荆门事，据《唐才子传》云：元稹“后拜监察御史，按狱东川。还次敷水驿，中人（宦官）仇士良夜至，稹不让邸，仇怒，击稹败面。宰相以稹年少轻威，失宪臣体，贬江陵士曹参军”。“荆门”，县名，为江陵府治。

⑧“可怜”，可惜。“高盖”，高高的车盖，官吏的车乘，借指官吏。

登观音台望城①

百千家似围棋局②，十二街如种菜畦③。遥认微微入朝火④，一条星宿五门西⑤。

①“观音台”，在长安城南二十几公里的秦岭北麓，为终南山中段的一个支脉，因山上有清凉、文殊、舍身、灵应、观音五个台，故名五台，观音台为其中之一台。“城”，指长安城。

②“围棋局”，围棋是棋类的一种。古时棋局纵横各十七道，共二百八十九个交叉点。唐以后纵横各十九道，共三百六十一个交叉点。长安城地处平原，街道方向端正，排列笔直。城中共一百零八坊。故曰千百家似围棋局。

③“十二街”，见《登乐游园望》注⑤。此处是指唐长安城郭（外城）的街道。“菜畦”，为浇水方便，菜地有畦，畦直而整。故以此喻长安街道。

④“认”，认识，识别。“入朝火”，百官早朝所擎的灯火（因天色未明），故云。

⑤“星宿”，泛指列星。喻百官的上朝火，在夜中露出微光，有如星光。“五门”，古天子之宫有五门。唐自高宗后，国家大典和朝见百官由太极宫移至大明宫举行。大明宫有五门，正门为丹凤门，东侧依次为望仙门和延政门，西侧依次为建福门和兴安门。建福门外，两旁建有百官待漏院，这是为早朝官员等待开门朝拜前暂时休息的地方。

朝回游城南[①]

朝退马未困，秋初日犹长。回辔城南去[②]，郊野正清凉。水竹夹小径，萦回绕川冈[③]。仰看晚山色[④]，俯弄秋泉光。青松系我马，白石为我床。常时簪组累[⑤]，此日和身忘。旦随鹓鹭末，暮游鸥鹤旁[⑥]。机心一以尽，两处不乱行[⑦]。谁辨心与迹，非行亦非藏。

① 本篇写诗人退朝后游长安城南之情景。

②“辔”，马缰。此处代指马。

③“萦回”，旋绕转折。

④“山”，指终南山。

⑤“常时”，平时。“簪组”，冠簪。组，冠带。簪组，指官服或显贵。此

处指官服。

⑥“鵁鹭”，见戴叔伦《闻长乐钟声》注④。“鸥鹤”，二鸟常在水边，隐者以为鸥盟鹤友，此处指毫无拘束的生活。

⑦“机心”，智巧变诈的心计。“两处”，指为官和休闲的处事原则。“不乱行”，指行动井然。

过天门街[①]

雪尽终南又欲春，遥怜翠色对红尘。千车万马九衢上[②]，回首看山无一人。

①“天门街”，帝宫外之街。“天门”，天上的门，也指帝王宫殿的门。

②“九衢”，四通八达的道路。

青门柳[①]

青青一树伤心色[②]，曾入几人离恨中。为近都门多送别，长条折尽减春风[③]。

①“青门”，汉长安城东南门。俗因门色青而呼为青门，此处指唐长安东门。本篇以柳写送别之事。

②“伤心色”，指柳色。“黯然销魂者，唯别而已矣。”（江淹《别赋》）送别伤心，长安送别，常折柳以赠，“柳者”留也，不忍分别而又要分别。故曰伤心色。

③ 这两句是说，柳近青门，青门多送别也，送别人多，柳条被折尽也。柳条折尽，故春风减也。

长乐亭留别[①]

灞浐风烟函谷路，曾经几度别长安[②]。昔时蹙促为迁客[③]，今日从容自去官[④]。优诏幸分四皓秩[⑤]，祖筵惭继二疏欢[⑥]。尘缨世网重重缚[⑦]，回顾方知出得难[⑧]。

① 长乐亭，在长安东郊长乐坡附近，长乐坡系东出长安之要道。此诗系留别友人之作。

②“灞浐”，二水名，均经长安城东，北流入渭。“函谷”，关名。其秦关在今河南灵宝；汉关在今河南新安县东北。“几度别长安”，白居易数度别长安，如被贬江州司马，出任杭州刺史，任河南尹，都是别长安的实例。

③“蹙促”，局促，不舒展。“迁客”，贬谪在外官员之称。

④“自去官”，自己请辞官位。大和九年（835）白居易被任命为同州刺史，他请辞未去赴任。朝廷后授其为太子少傅，分司东都洛阳。少傅，属于大官加衔，并无实职。

⑤“优诏”，优待的诏书，指授其太子少傅衔。优，宽容，优待。“四皓”，即商山四皓。汉初商山的四个隐士，四人须眉皆白，故称四皓。借指辞官。“四皓秩”，四皓的职级，“四皓”曾辅佐太子刘盈。此处代指太子少傅职位。

⑥“祖筵”，送别之宴。“二疏”，指汉代疏广和其侄疏受。疏广任太傅，

疏受为少傅，因年老同时辞官，公卿大夫在东都门外盛会欢送，称颂为“贤大夫”。后世文人以此为美谈。

⑦“尘缨”，被世间事所缠绕。“世网”，比喻社会上法律，礼教、风俗等对人的束缚，如鱼在网中。

⑧“出得难”，指辞官的决定很难做出。

陈 翥

陈翥，德宗贞元进士。《全唐诗》编其诗一首。

曲江亭望慈恩寺杏园花发①

曲江晴望好，近接梵王家②。十亩开金地，千林发杏花③。
映雪犹误雪，煦日欲成霞④。紫陌传香远⑤，红泉落影斜。
园中春尚早，亭上路非赊⑥。芳景堪游处，其如惜物华⑦。

①“曲江亭”，即曲江亭子。唐代新科进士，都要大宴于曲江亭子，谓之“曲江会”。慈恩寺在曲江近处。“杏园”，园名，在曲江池西南，为新进士游宴之地。

②“梵王家”，此处指慈恩寺。

③“十亩”，指杏园面积。

④“犹误雪”，因杏花色白，犹使人误以为雪。“欲成霞”，红日映照，花色相染如霞。

⑤“紫陌”，指帝都郊野的道路。

⑥“春尚早”，杏花二月开花，故曰春尚早。“赊”，长，远。

⑦“物华”，自然景色。

白行简

白行简，字知退。贞元末中进士第，系白居易之弟。累官度支郎中。《全唐诗》编其诗七首。

贡院楼北新栽小松[1]

华省春霜曙[2]，楼阴植小松。移根依厚地，委质别危峰[3]。北户知犹远，东堂幸见容[4]。心坚终待鹤，枝嫩未成龙[5]。夜影看仍薄，朝岚色渐浓[6]。山苗不可荫，孤直俟秦封[7]。

①“贡院”，科举时代考试贡士之所。贡士由州县送京至此参加考试。唐李肇《国史补》：“开元二十四年（736），考功郎中李昂，为士子所轻诋。天子以郎署权轻，移职礼部，始置贡院。”

②“华省”，职务亲贵的官署。此处指贡院。

③“委质”，托付品质。“别危峰”，言松自高山移来。

④“东堂”，指晋宫的正殿。晋郤诜试东堂（殿试）得第，自称“桂林一枝”。后因称试院为东堂。

⑤“未成龙”，松树树皮呈鳞状，故称为龙。小松尚未有鳞，故曰“未成龙”。

⑥“薄”，微小。“岚”，雾气。

⑦“山苗”句，晋代左思《咏史诗》其二：“郁郁涧底松，离离山上苗。以彼径寸茎，荫此百尺条。”此句反其意而用之。“俟秦封”，等待秦的封号。《史记·秦始皇本纪》：“二十八年……（始皇）乃遂上泰山，立石，封，祠祀。下，风雨暴至，休于树下，因封其树为五大夫。”汉应劭《汉官仪》中说始皇所封之树是松树，五大夫因成松之别名。

雍裕之

雍裕之，贞元后诗人，《全唐诗》编其诗一卷。

曲江池上

殷勤春在曲江头，全藉群仙占胜游①。何必三山待鸾鹤②，年年此地是瀛洲。

①“殷勤”，热情而周到。“藉”，借。“胜游”，快意地游览。

②“三山”，指传说中的瀛洲、方丈、蓬壶三山，系秦汉方士称东海中仙人所居之地。“鸾鹤”，鸾与鹤，传为仙人所乘。

封　敖

封敖，字硕夫，蓨（古地名，治今河北景县）人。元和中登进士第，会昌初，以左司员外郎召为翰林学士，知制诰。迁御史中丞。大中中，历平卢、兴元节度使。终尚书右仆射。《全唐诗》编其诗二首。

春色满皇州①

帝里春光正，葱茏喜气浮②。锦铺仙禁侧③，镜写曲江头。红萼开萧阁，黄丝拂御楼④。千门歌吹动，九陌绮罗游⑤。日近风先满，仁深泽共流⑥。应非憔悴质，辛苦在神州⑦。

①“皇州”，指帝都长安。

②“帝里”，京都，犹言帝都。“葱茏”，青翠茂盛貌。

③“仙禁”，指宫禁。

④“红萼”，红梅。“萧阁”，萧云掩阁的缩语。语出《宋书·符瑞志》：“荣路腾喧，萧云掩阁。”萧云，卿云（即庆云），彩云。古人认为是一种祥瑞的云气。“黄丝”，指柳色。柳叶在早春呈黄色。“御楼”，皇宫之楼。

⑤“歌吹”，歌声和鼓吹声。“九陌”，汉长安城中有八街、九陌，后来泛指都城大路。“绮罗”，指富贵人家妇女的服饰。“绮”，素地织纹起花的丝织物。“罗”，质地松软，经纬组织呈椒眼纹的丝织品。

⑥“日”，喻皇帝。“风”，指春风。“仁”，指皇帝之仁。仁是古代一种

含义广泛的道德观念，其核心是爱人。“泽”，恩泽。

⑦ 这两句是说春色正盛，使京都充满春色。春色既能浩荡，故非憔悴之质；春色遍布皇州，故言经营辛苦。“神州”，指京城。

李虞仲

李虞仲，字见之。元和初登进士第。累官中书舍人，知制诰，终吏部侍郎。《全唐诗》编其诗一首。

初日照凤楼[①]

旭日烟云殿，朝阳烛帝居[②]。断霞生峻宇，通阁丽晴虚[③]。
流彩连朱槛，腾辉照绮疏[④]。曈昽晨景里，明灭晓光初[⑤]。
户牖仙山近，轩楹凤翼舒[⑥]。还如王母过，遥度五云车[⑦]。

①“凤楼”，宫内楼阁。

②“烟云”，即烟霞。“烛”，照。“帝居”，帝宫。

③“峻宇”，高大的屋宇，即指宫内楼阁。“断霞”，言霞为楼阁所阻，不能连续。故曰断霞。“丽晴虚”，在烟霞中显得美丽。

④“流彩”“腾辉”，均指初日所照之景。“绮疏”，雕饰花纹的窗户。

⑤“曈昽（tóng lóng）”，暗而渐明貌。“明灭”，谓时隐时现，忽明忽暗。“户牖”，门窗，门户。

⑥“仙山”，仙人居住的山。此处指皇帝的居处。“轩”，殿堂前沿下的平

台。“楹”，堂前直柱。“凤翼”，凤楼的两翼。“舒”，伸展。

⑦“王母”，西王母的略称。她是神话中的女神。“五云车”，道家谓仙人所乘之车。此处代指初日东升。

李廓

李廓，宰相李程之子。登元和进士第。累官颍州刺史。大中中，终武宁节度使。《全唐诗》编其诗十八首。

长安少年行[①]（十首选二首）

追逐轻薄伴，闲游不著绯[②]。长拢出猎马，数换打球衣。
晓日寻花去，春风带酒归。青楼无昼夜[③]，歌舞歇时稀。

①这组写长安少年的诗，共十首，所选的两首系第二首和第三首。“行”，古代诗歌的一种体裁。

②“轻薄伴”，放荡的伙伴。“绯”，指绯（红）色的服装。唐制，四、五品官员服绯。

③“青楼”，指妓院。

日高春睡足，帖马赏年华[①]。倒插银鱼袋[②]，行随金犊车。
还携新市酒，远醉曲江花。几度归侵黑[③]，金吾送到家。

①“帖马”，不用鞍、辔，贴着马背骑马。

②“银鱼”，银制之鱼形佩饰，为唐时五品以上官章服，为出内之符信。“银鱼袋”，盛放鱼符的袋子，饰以银质。

③“归侵黑”，言归来已到晚上。唐时长安禁夜行，故曰侵黑。“金吾”，即执金吾，军官名。统帅禁军，巡防京师。

王　初

王初，并州（今山西太原）人，元和末登进士第。《全唐诗》编其诗十九首。

早春咏雪

句芒宫树已先开[①]，珠蕊琼花斗剪裁[②]。散作上林今夜雪[③]，送教春色一时来[④]。

①“句（gōu）芒”，相传为古代主管树木的官。木盛在春，故又称木神，神为句芒。“先开”，指树上先落的雪花。

②“珠蕊琼花”，言树披雪也。“剪裁”，剪衣料以制成衣服，引申为对事物的取舍安排。“斗剪裁”，此处指树着雪后形态各异。

③“上林”，见李隆基《望春台》注⑬。

④“一时来”，因春雪来而春色亦来，故曰一时来。

袁不约

袁不约，字还朴，长庆三年登进士第。李固言在成都，辟为幕官，加检校侍郎。《全唐诗》编其诗四首。

长安夜游①

凤城连夜九门通，帝女皇妃出汉宫②。千乘宝莲珠箔卷，万条银烛碧纱笼③。歌声缓过青楼月，香霭潜来紫陌风④。长乐晓钟归骑后，遗簪堕珥满街中⑤。

① 此诗写帝女皇妃的京城夜游。这在《全唐诗》中，极为少见。通宵达旦，可见游兴之浓。

②“凤城”，见杨凌《春霁花萼楼南闻官莺》注④。“九门”，见骆宾王《帝京篇》注②。此指长安城门。“汉宫”，代指唐宫。

③“宝莲”，指绘有莲花图案的香车。“珠箔”，珠帘，以珠串编的帘子。“碧纱笼”，以碧纱所做的灯笼。

④“青楼”，指显贵家的闺阁。“紫陌”，京城的道路。

⑤“长乐”，汉宫名。宫中有钟室。初为会朝之所，其后为太后所居。此代指唐宫。“遗簪”句，言帝女皇妃夜游，将首饰遗堕街中。着一“满”字，自言所遗之多。“珥”，耳饰。“簪”，别信发髻之条状物。

沈亚之

沈亚之，字下贤，吴兴（今属浙江省）人，元和十年登进士第。历殿中丞御史，内供奉。终郢州掾。《全唐诗》编其诗一卷。

勤政楼下观百官献寿[1]

御气黄花节，临轩紫陌头[2]。早阳生彩仗，霁色入仙楼[3]。献寿皆鸳鹭，瞻天在冕旒[4]。菊尊开九日，凤历启千秋[5]。乐阕祥烟起，杯酣瑞影收[6]。年年歌舞夕，此地庆皇休[7]。

①“勤政楼”，即勤政务本楼，位于兴庆宫西南角，建于开元八年(720)，据说，玄宗修建此楼是“本欲察甿（méng）俗，采风谣，以防壅塞”（《唐会要》卷三十）。后来的庆宴活动多在此处。“献寿”，此处指祝福。

②“御气”，宫苑园圃的景色风光。“黄花”，菊花。“紫陌”，指帝都郊野的道路。此处指勤政楼外的街市。

③ 彩仗，即仪仗。此处指彩色云霞。“霁”，雨止。“仙楼”，指勤政楼。

④“鸳鹭”，见戴叔伦《晓闻长乐钟声》注④。“瞻天”，瞻仰（皇帝）天颜。“冕旒”，皇帝的代称。

⑤“九日”，九月九日，重阳节。“凤历”，《左传·昭公十七年》：“我高祖少皞挚之立也，凤鸟适至，故纪于鸟。……凤鸟氏，历正也。”后因称历为凤历。

⑥“乐阕”，音乐终止。

⑦“休”，美善，喜庆。

春色满皇州[①]

何处春辉好，偏宜在雍州[①]。花明夹城道[②]，柳暗曲江头。
风软游丝重[③]，光融瑞气浮。斗鸡怜短草，乳燕傍高楼[④]。
绣毂盈香陌[⑤]，新泉溢御沟。回看日欲暮，还骑似川流[⑥]。

①“雍州”，地名，古九州之一。长安处雍州腹地，此处指长安。

②“夹城”，见杨凌《春霁花萼楼南闻宫莺》注④。

③“游丝”，飘动着的蛛丝。

④“斗鸡”，使鸡相斗为戏，此戏在唐极为盛行。“怜”，爱。“乳燕”，幼燕。

⑤“绣毂（gǔ）”，有绣幛的车。毂，车轮中间车轴贯入处的圆木，亦指车。

⑥这两句写赏春者之多。“还（huán）骑”，回还的车骑。“川”，河流。

殷尧藩

殷尧藩，苏州嘉兴（今属浙江）人，元和中登进士第，辟李翱长沙幕府，加监察御史。又尝为永乐令。《全唐诗》编其诗一卷。

帝京二首（选一首）

列郡征才起俊髦[①]，万机独使圣躬劳[②]。开藩上相颁龙节[③]，破虏将军展豹韬[④]。地入黄图三辅壮，天垂华盖七星高[⑤]。迎春别赐瑶池宴，捧进金盘五色桃[⑥]。

① 本篇是《帝京二首》中的第一首。“列郡”，众多的州郡。“征才”，征召才俊。“俊髦（máo）”，才能出众的人。髦，毛中的长毫。

②“万机”，指帝王日常的纷繁政务。“圣躬”，指皇帝。

③“开藩上相”，指裴度。元和十二年，他以同中书门下平章事（宰相）身份，督师平淮西吴元济之地方割据势力，河北藩镇大惧，相继臣服。藩镇割据一度平息。“龙节”，龙形符节。泛指奉王命出使者所持之符节。“颁龙节”，指裴度平淮西时，同时被任命为漳义军节度使。

④“破虏将军”，指李愬。李愬系唐军大将，在平淮西时，他乘雪夜突袭蔡州，俘吴元济，成为战史中奇袭的范例。“豹韬”，谓用兵之韬略。

⑤“黄图”，帝都。“三辅”，原指西汉京畿地区的三个职官。又长安近畿，三辅所辖地区亦称三辅。此处指长安周围地区。“华盖”，星名。汉王褒《九怀·思安》：“登华盖兮乘阳，聊逍遥兮播光。”《楚辞补注》：“华盖七星，其柢九星，合十六星，如盖状，在紫微宫中，临勾陈上，以荫帝座。”

⑥“瑶池宴”，宫中所摆之酒宴。瑶池，古代神话中神仙之所居。此处指宫中。

春游

明日城东看杏花，叮咛童子蚤将车[①]。路从丹凤楼前过，酒向金鱼馆里赊[②]。绿水满沟生杜若，暖云将雨湿泥沙[③]。绝胜羊傅襄阳道，车骑西风拥鼓笳[④]。

①“蚤”，通“早”。“将车”，备车。

②“丹凤楼”，指宫中之楼。

③“杜若”，香草名。叶广披针形，味辛香。“将”，携带。

④“羊傅”，指西晋大臣羊祜（221—278）。据《晋书·羊祜传》载，羊祜镇荆襄时，常登襄阳之观山置酒咏诗。有一次，他对同游者说：“自有宇宙，便有此山，由来贤达胜士，登此远望如我与卿者多矣。”“鼓笳”，皆器乐。此处指器乐演奏。

施肩吾

施肩吾，字希夷，洪州（今江西南昌）人。元和十五年登进士第。隐洪州之西山。《全唐诗》编其诗一卷。

帝宫词[①]

自得君王宠爱时，敢言春色上寒枝[②]。十年宫里无人问，一日承恩天下知[③]。

① 帝宫中，佳丽多多。白居易所谓“后宫佳丽三千人”，便是对此事的夸张性形容，白居易又有宫词云：“雨露由来一点恩，争能遍布及千门。”亦可谓道出宫中之实情。这首就是写一宫嫔十年方才得宠的侥幸。

②“春色”，喻皇帝宠爱。“寒枝”，自喻。

③“承恩”，承宠。

长安早春

报花消息是春风，未见先教何处红①。想得芳园十馀日，万家身在画屏中②。

①“未见”句，是说不知春风教何处最早开花。

②“万家”，极言赏花者众多。画屏，状春花之万紫千红。

早春游曲江①

芳处亦将枯槁同②，应缘造化未施功③。羲和若拟动炉鞴④，先铸曲江千树红⑤。

① 这首春游曲江诗，点出了一个“早”字。

②“芳处”，指曲江芳华之处。“将”，犹，欲，共。“枯槁”，干萎，干竭。花木枯槁，春未动也。

③“造化”，指自然的创造化育。“未施功”，尚未施以造化之力。春未施

功也。

④“羲和”，神话中太阳的御者。“炉鞴（bèi）”，吹火使炽的革囊。

⑤“千树红”，千树着花。应先铸千树红，意为尚未铸也，亦暗含一“早”字。

姚　合

姚合（约779—约846），陕州硖石（今河南三门峡市陕州区）人。元和进士及第，授武功主簿。世称姚武功。敬宗宝历间官监察殿中御史，出为荆、杭二州刺史，后被召入京，任给事中等职，官终秘书少监。喜为五律，刻意求工，诗与贾岛同称，能自成一格。《全唐诗》编其诗七卷。

迎春①

半年留醉待花开，晓去迎春夜始回②。风暖慢行寻曲水，天晴远望立高台③。亦知无处将诗请，唯得终朝把酒催④。今日柳条全弄色，游人相伴看春来⑤。

① 本篇是写在长安的迎春，自见了作者的愉悦之情。

② 这两句写迎春之虔诚。相等半年，待花开也；晓迎夜回，见心诚也。

③ 这两句写迎春之行动。曲江寻春，因风暖也；天晴望春，立高台也。“曲水”，即曲江。

④ 这两句写把酒以迎春无处请诗，因春尚未至也；把酒终朝，为催春速来也。“将诗请”，将诗邀请，即作诗。

⑤ 这两句写春色已来。柳条弄色，春意嘉也；游人竞赏，春日来也。“弄”，把玩，引申为玩赏。

章孝标

章孝标，字道正，钱塘（今浙江杭州）人。元和十四年（819）登进士第，任秘书正字。大和中，尝为南山道从事，试大理评事。仕终秘书正字。《全唐诗》编其诗一卷。

长安秋夜[①]

田家无五行，水旱卜蛙声[②]。牛犊乘春放，儿童候暖耕[③]。
池塘烟未起[④]，桑柘雨初晴。岁晚香醪熟，村村自送迎[⑤]。

① 题下原注：“一作《田家》。”这首诗写长安周边田家小景。

② “五行”，指金木水火土五种物质，我国古代思想家企图用此五种物质来说明世界万物的起源。“卜”，古人用火灼龟甲取兆，以预测吉凶，曰卜。“卜蛙声”，蛙声多则水，蛙声少则旱，这两句是写田家人朴素，口不言五行，只关心农事。

③ “儿童”，长辈对年轻人的称呼。

④ “池塘烟”，指池塘水因气温低而出现的水气。

⑤“岁晚”，此处指秋日。“醪（láo）”，汁滓混合之酒，即浊酒。“自送迎”，指村民送迎香醪。

蒋　防

蒋防，义兴（地在今江苏宜兴）人。官右拾遗。元和中，李绅荐为司封郎中，知制诰，进翰林学士。李逢吉逐李绅，他也被出为汀州刺史。《全唐诗》编其诗十二首。

望禁苑祥光①

嘉瑞生天色，葱茏几效祥②。树摇三殿侧，日映九城傍③。仙雾今同色，卿云未可章④。拱汾疑鼎气，临渭比荧光⑤。岂并春风旧，俄同圣寿长⑥。微臣时一望，短羽欲翱翔⑦。

①“禁苑”，指大明宫附近的皇家林苑。“祥光”，和平祥瑞之光。象征吉利。

②“嘉瑞”，即祥瑞。“葱茏”，青翠茂盛貌。“效”，仿，呈现。

③“三殿”，大明宫内麟德殿的别名，其殿由前、中、后三殿组成，遂也称“三殿”。但此处所谓的三殿，当指大明宫的含元殿、宣政殿和紫宸殿。“九城”，即九重城，指长安。

④“卿云”，亦作“庆云”“景云”，古人以为祥瑞。《史记·天官书》：“若烟非烟，若云非云；郁郁纷纷，萧索伦囷，是谓卿云。”

"章"，显。

⑤"汾鼎"，见沈佺期《兴庆池侍宴应制》注⑤。这句说祥光环绕着汾水，疑似宝鼎即国祚（帝王之位，也指国家命运）之瑞气。"拱"，环绕。"临渭"，光临渭水。"荧光"，微弱的光。指祥云受阳光照射所发出可见光的现象。

⑥"岂并"句，是说祥光并非因为春色渐归而褪色。"俄"，时间很短，突然间。"圣寿"，皇帝的寿命。这句是说祥光极长，如同皇帝之长寿。

⑦"微臣"，作者自指。"羽短"，羽翼短小。"翱翔"，在空中回旋地飞。这两句说，作者望祥光而振奋。

日暖万年枝[①]

新阳归上苑，嘉树独含妍[②]。散漫添和气，曈昽卷曙烟[③]。

流辉宜圣日，接影贵芳年[④]。自与恩光近，那关煦妪偏[⑤]。

结根诚得地，表寿愿符天[⑥]。谁道凌寒质，从兹不暖然[⑦]。

①"万年枝"，指禁苑的嘉树。日暖，双关语。言太阳，亦言皇帝。

②"上苑"，唐代禁苑的简称。这两句写旭日照耀嘉树妍美。

③"散漫"，言新阳光辉四射开来也。"曈昽"，见李虞仲《初日照凤楼》注⑤。"曙烟"，指春日早晨野外呈现的烟气。

④"流辉"，闪动的光辉。"芳年"，美好的年岁。指嘉树，枝叶繁茂。

⑤"恩光"，恩宠的光辉，指皇帝的恩惠。因树在禁苑，故云。"煦妪"，温暖。这两句说，万年枝暖，是因为与皇帝相近的缘故。

⑥“得地”，言得禁苑之地。“表寿”，显扬年岁。表，明示，显扬。“符天”，符合天意。

⑦“凌寒质”，指嘉树。“暧”，昏暗不明。嘉树不暧然，因得阳光暖也，因得皇帝暖也，故以双关语统题：日暖万年枝也。

张　祜

张祜（？—849后），字承吉，南阳（今属河南）人，一作清河（今河北清河）人。令狐楚表荐之，不报，为处士终身，以宫诗著称。《全唐诗》编其诗两卷。

正月十五夜灯

千门开锁万灯明①，正月中旬动帝京②。三百内人连袖舞，一时天上著词声③。

①“千门”，指皇宫诸门。张说《十五日夜御前口号踏歌词二首》其二句：“西域灯轮千影合，东华金阙万重开”，与此同调，皆言宫门张灯结彩之欢乐气象。

②“帝京”，京城。

③“三百”两句，据记载，唐文宗某年上元曾于太极宫安福门城楼观灯，结束前，有宫女数百人登此城楼表演歌舞，伴舞的歌声响彻云霄。“内人”，宫中的女伎艺人。“著”，同“着”，犹“有”。“词声”，歌唱之声。

朱庆馀

朱庆馀，名可久，以字行。越州（今浙江绍兴）人，宝历二年（826）登进士第，官秘书省校书郎，又曾客游边塞。在仕途并不得意，与张籍、姚合、贾岛、顾非熊等交游。其诗受知于张籍，更由于张籍的推而赞之，诗名遂得大著。《全唐诗》编其诗两卷。

宫词①

寂寂花时闭院门②，美人相并立琼轩③。含情欲说宫中事，鹦鹉前头不敢言④。

①这首宫怨诗别具一格：二美相并，含情欲诉，惧鹦鹉而不言，巧妙地托出了怨情。

②“花时”，百花盛开之时。

③“琼轩”，对廊台的美称。轩，走廊或平台。

④“鹦鹉”，鸟名。舌柔软，经训练能效人发音。故有“鹦鹉学舌”之成语。“不敢言”，因怕鹦鹉学语，而说与他人。

花时闭院门，寂也；欲说宫中事，怨也；鸟前不敢言，惧也。一寂一怨一惧，自见宫中之可怖也。

题青龙寺①

寺好因岗势②，登临值夕阳。青山当佛阁③，红叶满僧廊。竹色连平地，虫声在上方④。最怜东面静，为近楚城墙⑤。

① 青龙寺，在长安城东城延兴门内乐游原上，为著名佛寺。

②“岗”，指乐游原。

③“青山”，指终南山。“当”，向着，面对着。

④“上方”，指佛寺方丈的住处。

⑤ 这两句是说最爱青龙寺东面的静谧，因为它与长安东城墙接近。“楚城墙”，高高的城墙。楚，高。青龙寺在唐长安东城延兴门之内侧，故云。

都门晚望①

绿槐花堕御沟边②，步出都门雨后天。日暮野人耕种罢③，烽楼原上一条烟⑤。

①“都门”，京城城门。

②“绿槐花堕”，指槐花落花时节，正在夏秋之交。

③“野人”，乡野之人，农夫。

④“烽楼原”，在长安城东南。“一条烟”，指烧荒所产生的烟气。

杜　牧

杜牧（803—约 852），字牧之，京兆万年（今陕西西安）人，大和进士，曾为黄、池、睦等州刺史，后入朝任司勋员外郎、中书舍人等职，有《樊川文集》。杜牧刚正有奇节，敢论列大事，指陈时弊，企求恢复唐帝国昔日的繁荣昌盛，自称“平生五色线，愿补舜衣裳”，然势已难为，故理想必然落空。其诗文以意为主，以气为辅，诗情豪迈，语率惊人，识者以拟杜甫，故称“大杜”“小杜”以别之。与李商隐并称“小李杜”。其诗追求高绝，在晚唐浮浅轻靡的诗风之外，独树一帜，古体诗流丽之中骨气遒劲，近体诗俊爽之中味永趣长。《全唐诗》编其诗八卷。

长安杂题长句六首（选一首）①

洪河清渭天池浚②，太白终南地轴横③。祥云辉映汉宫紫，春光绣画秦川明④。草妒佳人钿朵色，风回公子玉衔声⑤。六飞南幸芙蓉苑，十里飘香入夹城⑥。

① 本篇是长句六首中的第五首。

②“洪河”，黄河。洪，大水。“渭”，渭河。“天池”，指海。“浚(jùn)”，深。黄河渭水东流入海，故曰天池浚。

③“太白”“终南”，皆秦岭中的山名，北接关中平原中西部。此处泛称秦岭秦山。“地轴横”，秦岭东西走向，横贯秦地，全长三千二百里，故有此称。地轴，古代传说大地有轴。晋张华《博物志》：“地有三千

六百轴，互相牵制。”后用来泛指大地。

④“祥云”，《旧唐书·宣帝纪》：“大中三年六月癸未，五色云悬于京师。”“汉官”，此处代指唐官。“秦川”，即渭河平原。

⑤“钿朵”，即花钿。钿，金花。多指妇人首饰。“衔”，马嚼子。

⑥“六飞”，古代帝王用六匹马驾车。飞，形容奔马迅速。后用以称皇帝的车驾。“幸”，封建时代称帝王亲临为“幸”，芙蓉苑在兴庆宫南，故曰“南幸”。“芙蓉苑”，即芙蓉园。在曲江西南，园内有芙蓉池。“夹城”，详见杜甫《乐游园歌》注⑤。“十里”，指芙蓉苑至兴庆宫的距离。

秋晚与沈十七舍人期游樊川不至①

邀侣以官解②，泛然成独游。川光初媚日，山色正矜秋③。野竹疏还密，岩泉咽复流。杜村连潏水④，晚步见垂钩。

①“沈十七舍人”，即沈询，排行十七，是吏部侍郎沈传师之子，时任中书舍人。“舍人”，官名。唐时为撰拟诏诰之专官。“期”，邀约。“樊川”，水名。在长安东南。其地本属杜县之樊乡。汉樊哙食邑于此，川因以得名。

②“官解”，即“解官”，意即辞官。

③“矜”崇尚。

④“潏水”，水名。关中八川之一，发源于秦岭，经樊川地区，西流注入沣水。

长安秋望

楼倚霜树外，镜天无一毫[①]。南山与秋色，气势两相高[②]。

① 这两句说，楼高于树，时在深秋；天澄似镜，无有纤尘。

② 这两句说，南山与秋色，似在比赛气势的高下。“南山”，即终南山。“两相高”，秋季天高而气爽，更显得南山高而峻极；秋色苍然，高而无极。竞相而高，气势雄也。望此赏心而悦目。

杏园[①]

夜来微雨洗芳尘，公子骅骝步贴匀[②]。莫怪杏园憔悴去，满城多少插花人[③]。

①“杏园”，园名，在曲江池西南，为新科进士游宴之地。本篇写杏花开时，长安公子游杏园，肆意折花，而当时以杏花插发，风习使然，杜牧对此抱有怨意。

②“骅骝”，赤色骏马。亦名枣骝。“步贴匀”，脚步安稳，有节奏。

③“憔悴”，本以形容人瘦弱，面色不好看，此处以指杏园，因杏花多被这些人折去，致使风光大减，故离去。“插花人”，既指这些摧花的花花公子，更指一些妇人女子。

街西长句[①]

碧池新涨浴娇鸦[②]，分锁长安富贵家。游骑偶同人斗酒，名园相倚杏交花。银鞦騕褭嘶宛马[③]，绣鞅璁珑走钿车[④]。一曲将军何处笛，连云芳草日初斜[⑤]。

①“街西”，《旧唐书·地理志》云：“京师……有东西两市。都内，南北十四街，东西十一街。街分一百八坊……皇城之南大街曰朱雀之街，东五十四坊，万年县领之；街西五十四坊，长安县领之。”

②“鸦”，乌鸦。此鸟不能浴水，“鸦”疑为“鸭”。

③“鞦（qiū）”，络于牛、马股后的革带。亦作“鞧”。“騕褭（yǎo niǎo）”，良马名。后泛指骏马。“宛（yuān）马”，即骏马。大宛国多骏马，故云。杜甫《房兵曹胡马》：“胡马大宛名，锋棱瘦骨成。竹批双耳峻，风入四蹄轻。”

④“鞅”，套在马颈上的皮带。“璁（cōng）珑”，明洁貌。“钿车”，饰以金花之车。

⑤“将军笛”，晋代桓温曾任辅国将军，后显贵，依然应命为名士王徽之吹笛。见《晋书·王徽之传》。这两句借此以形容笛声悠扬动人。

长安晴望

翠屏山对凤城开，碧落摇光霁后来[①]。回识六龙巡幸处[②]，飞烟闲绕望春台。

①“翠屏山”，指终南山。翠屏，言自长安望去山之翠美如屏。贾岛《望山》中句：“长安百万家，家家张屏新”，即指此。“凤城”，指都城长安。“碧落”，天空。“霁”，雨止。

②“六龙”，指太阳。传说日神乘车，驾以六龙。“巡幸”，指太阳光照。“巡”，来往察看。幸，封建时代称皇帝亲临为幸。日神乘车，故曰巡幸。

岁旦朝回口号①

星河犹在整朝衣②，远望天门再拜归③。笑向春风初五十，敢言知命且知非④。

①“岁旦”，正月初一。“口号（háo）”，古体诗的题名。表示随口吟成，和口占相似。

②这句写上早朝时天尚未明。“星河”，银河。

③这句写退朝后回家。“天门”，此处指帝王宫殿的门。

④这两句说自己虽已五十，但不敢说知命。“初五十”，年龄已进入五十岁。“知命”，认识天命。《论语·为政》：“五十而知天命。”后因以知命为五十岁之代称。“知非”，《淮南子·原道训》：“故蘧伯玉年五十，而有四十九年非。”此谓有所觉悟，而知昨日之非。后也谓五十岁为知非之年。

许　浑

许浑，字用晦，一作仲晦，润州丹阳（今属江苏）人。大和六年（832）进士，官虞部员外郎，转睦、郢二州刺史。其诗长于律体，句法圆稳工整。当时颇为杜牧、韦庄等人所重。亦被陆游推为晚唐的“杰作”。清代田雯又云：“诗律之熟，无如浑者……七言拗句亦自挺拔，兼饶风致。”然缺乏精辟警策，故清代李重华评之曰：“格甚凝练，气未深厚。”《全唐诗》编其诗十一卷。

春日题韦曲野老村舍二首[①]

绕屋遍桑麻，村南第一家。林繁树势直，溪转水纹斜。竹院昼看笋，药栏春卖花。故园归未得，到此是天涯[③]。

①“韦曲”，地名，在长安城南（今属西安市长安区所辖）。东北倚凤栖原，东南少陵原，潏水绕其前，是樊川第一名胜。唐时以诸韦世居于此而得名。与以东十五里大姓杜氏聚居处的杜曲并称韦杜。

②“故园”，故乡。“天涯”，天的边际，指极远的地方。许浑本贯丹阳（今属江苏），与长安相距甚远，故云。

北岭枕南塘[①]，数家村落长。莺啼幼妇懒，蚕出小姑忙。烟草近沟湿，风花临路香。自怜非楚客[②]，春望亦心伤。

①“北岭”，指韦曲北的凤栖原。

②“怜”，怜惜。“楚客”，楚地之客。许浑籍贯丹阳，古属楚地，而客居长安，故云。

天街晓望[①]

明星低未央，莲阙迥苍苍[②]。叠鼓催残月[③]，疏钟迎早霜。
关防浮瑞气，宫馆耀神光[④]。再拜为君寿，南山高且长[⑤]。

①“天街”，见韩愈《早春呈水部张十八员外二首》注②。

②“明星”，即启明星，先日而出，故称启明。“未央”，汉宫名。该宫至唐末尚存。“迥”，远。“苍苍”，深青色。

③“叠鼓”，轻轻击鼓。

④“关防”，关隘有兵防守之处。

⑤“为君寿”，为君王祝寿。“南山”，言君王寿比南山。

李商隐

李商隐（813—858），字义山，号玉谿生，怀州河内（今河南沁阳）人。开成登进士第，曾任县尉、秘书郎和东川节度使判官等职，因受牛李党争影响，被人排挤，终身潦倒。他反对藩镇割据，反对宦官擅权。常以诗歌揭露批判时政，所作“咏史”诗多托古以讽，无题诗也有寄寓，至其实际含义，诸家解释不一。因其政治抱负难以实现，故诗中常带感伤之情调。李商隐的诗，擅长律、绝，富于文采。律诗于秾丽之中时露沉郁，流美之中不失厚重；绝句往往是精工之中巧于用笔，缜密之中唱叹有情，具有独特风格，结集为《玉谿生诗》。《全唐诗》编其诗三卷。

曲江①

望断平时翠辇过，空闻子夜鬼悲歌②。金舆不返倾城色，玉殿犹分下苑波③。死忆华亭闻唳鹤，老忧王室泣铜驼④。天荒地变心虽折，若比阳春意未多⑤。

① 曲江本是唐代长安最大的名胜景区，安史乱后荒寂。可以说，曲江之兴废，是唐王朝盛衰之象征。故而大和九年正月，颇有振兴之志的文宗曾下令浚治曲江，恢复升平故事。不幸至十一月，“甘露之变”祸起，后遂罢浚。此诗写于第二年（开成元年）春日。是专咏文宗之事。

②“翠辇”，帝王的车驾。“子夜”，半夜。“鬼悲歌”，冤鬼的悲歌。这两句是说平时文宗车驾幸临的曲江再也看不到了，只能在夜半听到鬼的凄厉之音。

③“金舆”，车。“倾城”，指绝色美女，此处指皇帝嫔妃。“玉殿”，即御殿。“下苑”，宜春苑，即曲江。“犹分下苑波”，指曲江水流向玉殿旁的御沟（曲江与御沟相通）。这两句是说陪文宗游览曲江的宫妃们已不再来，只有曲江水依然流向御沟。

④“华亭闻唳鹤”：《世说新语・尤悔》：陆平原（机）河桥败，为卢志所谗，被诛。临刑叹曰：“欲闻华亭鹤唳，可复得乎！”二陆（陆机、陆云）入晋前，兄弟俩常游于华亭墅中，陆云故有此叹。后常以华亭

鹤唳为遇害者死前感慨生平之词。“铜驼”，铜铸的骆驼。《晋书·索靖传》：“靖有先识远量，知天下将乱，指洛阳宫门铜驼，叹曰：会见汝在荆棘中耳！”这两个典故，用得精切：前者暗示“甘露之变”后朝臣遭阉竖残酷杀戮之事，后者自见作者对国运的忧虑。

⑤“天荒地变”，指甘露之变。“心折”，犹心碎，喻伤感到极点。“阳春”，喻清明盛世。“若比”句，指甘露之变之悲，固然悲矣，然而更悲的，是大唐的清明盛世可能一去不复返了。痛定思痛，痛何如之；痛未竟而更思痛，痛何如之！

隋宫①

紫泉宫殿锁烟霞，欲取芜城作帝家②。玉玺不缘归日角，锦帆应是到天涯③。于今腐草无萤火，终古垂杨有暮鸦④。地下若逢陈后主，岂宜重问后庭花⑤。

① 自开凿了大运河通济渠后，隋炀帝自大业元年至十二年（605—616）三游江都（今江苏扬州），每次他乘坐的龙舟长二百尺，高四十五尺，起楼四层，随行船队前后二百馀里，骑兵夹岸护送，旌旗蔽野，挽船士八万馀人，给沿途百姓造成极为沉重的负担。沿大运河岸，筑离宫四十馀所，以江都宫为最。本篇以隋紫泉宫殿发端咏史怀古，被诗论家誉为此类诗的压卷之作。

②“紫泉”，即紫渊。水名，在长安北。唐人避高祖李渊讳，改渊为泉。此处代指隋都大兴城的宫殿。“锁烟霞”，喻冷落。“芜城”，指隋时的江都，即今江苏扬州市。刘宋时鲍照见该城荒芜，曾作《芜城赋》，

后遂有此称。这两句说，好巡游的隋炀帝欲弃大兴城之宫殿，而久居江都。炀帝一即位便营造洛阳殿，后来又改东京（洛阳）为东都，实际将京都迁至洛阳。至大业十二年，因北方人民造反势力强大，炀帝遂避之再去江都。两年后，右屯卫将军宇文化及等发动兵变，将其缢杀。

③“玉玺”，皇帝的玉印。“缘”，因。“日角”，额骨隆起如日，被附会为帝王之相。此处的“日角”指李渊。“锦帆”，指炀帝的游船。其帆皆锦制，所过之处，香闻十里。这两句说，若非帝位被李渊取代，炀帝的游船还会到达更远的地方。

④“于今”，直到现在。“腐草无萤火”，大业末年，炀帝在洛阳景华宫征萤数斛，夜游时放出，光照山谷。腐草，古人误以为萤为腐草所化，因当年搜求甚苛，致萤火绝迹。“垂杨”，指通济渠两岸护堤之柳。世称隋堤。“终古”，久远。

⑤“陈后主”，名叔宝，南朝陈末代之君，以荒淫亡国。据《隋遗录》记载，炀帝在扬州于醉梦恍惚中曾遇陈后主与其宠妃张丽华，因请张丽华舞“玉树后庭花”，后主便讥讽炀帝：“始谓殿下致治在尧舜之上，今日复此游逸，大抵人生各图快乐，曩时何见罪之深耶?”“玉树后庭花”，歌曲名，系陈后主所作，后人看作亡国之音。末两句讥讽彻骨：杨广步陈后主之后尘，亦成了亡国之君，若地下相逢，还会讽刺后主沉湎声色吗?

赵　璜

赵璜，开成三年登进士第。《全唐诗》编其诗四首。

曲江上巳[1]

长堤十里转香车，两岸烟花锦不如[2]。欲问神仙在何处，紫云楼阁向空虚[3]。

①“上巳”，见崔颢《上巳》注①。

②“香车（古音jū）”，装饰华美的车。

③“神仙”，此处指观赏曲江风景的人。

薛　逢

薛逢，字陶臣，河东蒲州（今山西永济）人。会昌元年（841）进士及第。授万年尉，历官侍御史、尚书郎等职。持论鲠切，以谋略自显。曾两斥为刺史，后官至秘书监。《全唐诗》编其诗一卷。

六街尘[1]

六街尘起鼓冬冬，马足车轮在处通[2]。百役并驱衣食内，四民长走路岐中[3]。年光与物随流水，世事如花落晓风[4]。名利到身无了日，不知今古旋成空[5]。

①“六街”，指唐长安城中左右的六条大街，后来以六街作为都城闹市的通称。这首诗语含消极，恐是抒愤懑之作。薛逢自恃才高，而偏激傲慢，《唐才子传》中说，薛逢与杨收、王铎同年得第，而薛逢文艺最优。杨收辅政，逢讥诗云：“谁知金印朝天客，同是沙堤避路人。”及王铎为相，逢又赋诗讥云：“昨日鸿毛万钧重，今朝山岳一毫轻。”致两次被摈远方，晚年龙钟自愤，官终秘书监。

② 这两句写六街车马不停，红尘盛也。“在处通”，言车马行人，在处有路，有路皆通也。

③ 这两句写天下之人皆为衣食而谋也。“百役”，众多仆役。“四民”，士、农、工、商曰“四民”，泛指天下百姓。“路岐”，大道上分出小路，譬喻生活中的逆境、波折。

④ 这两句写流水落花人物皆衰也。

⑤ 这两句写古今名利皆成空也。“无了日”，没有完了的时候。“旋”，不久，即刻。

宫词①

十二楼中尽晓妆，望仙楼上望君王②。锁衔金兽连环冷，水滴铜龙昼漏长③。云髻罢梳还对镜，罗衣欲换更添香④。遥窥正殿帘开处，袍袴宫人扫御床⑤。

① 宫词，大多属于宫怨。这首诗的独特之处，在于从望幸着笔，刻画了宫妃企盼君王恩幸而不可得的怨意，委婉而有致，当属别调。

②“十二楼”，《史记·封禅书》记载，方士言“黄帝时为五城十二楼，

以候神人于执期”。“望仙楼”，《旧唐书·武宗本纪》：“会昌五年作望仙楼于神策军。”此处的十二楼、望仙楼实指宫妃的处所，言其一早就着意梳妆打扮，以待幸，望君如望仙。

③“金兽连环”，宫门上刻着兽头形状的铜门环。“水滴”句，指铜壶滴漏（古时的计时仪器），壶上刻有龙形。水由龙口滴出，观其漏箭的刻度，可知时刻。“冷”“长”，写感受，又见孤寂之心境。

④“罢梳”，即梳妆完毕。“添香”，再用香薰。这两句写宫妃的刻意打扮。

⑤“袍袴宫人”，指穿着短袍绣袴的宫女。“扫御床”，整理皇帝的龙床。宫女尚能接近皇帝，而自己不能。失望、怨伤之情，寂然而出。

孟　迟

孟迟，字迟之，平昌人，会昌五年（845）登进士第。《全唐诗》存其诗十七首。

宫人斜[①]

云惨烟愁苑路斜，路傍丘冢尽宫娃[②]。茂陵不是同归处，空寄香魂著野花[③]。

① 宫人斜，唐代宫人的墓地。

② 这两句写宫人墓地周边环境，以及坟墓之多。“苑”，宫苑。“宫娃”，

即宫女。

③ 这两句宫女下场之悲惨。“茂陵”，汉武帝刘彻的陵墓，代指唐皇。这句是说，宫女老死宫中，却不能埋葬在帝陵附近。

郑　畋

郑畋（823—882），字台文，荥阳（今属河南）人。武宗会昌中进士及第。任秘书省校书郎，中书舍人，以兵部侍郎同平章事。后黜为节度使，又贬梧州刺史。僖宗即位，召还兵部侍郎，授检校尚书左仆射。《全唐诗》编其诗十六首。

金銮坡上南望[1]

玉晨钟韵上清虚[2]，画戟祥烟拱帝居[3]。极眼向南无限地[4]，绿烟深处认中书[5]。

① “金銮坡”，在大明宫太液池西南岸，建筑在金銮坡上，因其地势高爽，可以凭栏南望大明宫殿群。殿与翰林院相接，因之皇帝召见学士常在此殿。

② “玉晨”，宫观名。“清虚”，本指清虚府或清虚殿，即月宫，此处指高空。“上”，一作“索”。

③ “画戟”，古兵器，即戟。因加彩饰，故又称画戟。“帝居”，帝都。此处指大明宫中皇帝所居之宫殿。

④“极眼”，极目望去。“眼”，一作“目”。

⑤“中书”，指中书省，在金銮坡之南，宣政殿西侧。

薛　能

薛能，字太拙，汾州（今山西汾阳）人。会昌六年（846）进士及第。历御史、刑部员外郎。李福镇蜀，奏以自副。懿宗咸通间，摄嘉州刺史，迁刑部郎中、权京兆尹事，授工部尚书。节度徐州，徙镇忠武。广明元年，徐军戍溵水，经许州，薛能因其军多怀旧惠，馆待于城中，许州军惧遭袭击，大将周岌乘众疑怒，驱逐薛能，自称留后，随之将其杀害。《全唐诗》编其诗四卷。

长安道①

汲汲复营营，东西连两京②。关繻古若在，山岳累应成③。各自有身事，不相知姓名。交驰兼众类，分散入重城④。此去应无尽，万方人旋生⑤。空馀片言苦，来往觅刘桢⑥。

①“长安道”，指唐时两京大道，即由长安经潼关直达洛阳的大道。

②“汲汲”，急切貌。“营营”，往来貌。

③“关繻”，汉代出入关隘的帛制凭证。这两句说，如果还像汉代那样出入关隘需要帛制凭证，那凭证也应积成山岳了。

④“交驰”，交相奔走，纷至沓来。“兼”，同。“重城”，即九重城，指京城。《楚辞·九辩》：“君之门以九重。”

⑤“此”，一作“路”。“万方”，四方。“旋生”，即刻出现。

⑥“片言”，只言，单言。“刘桢”，东汉建安七子之一，重志节。南朝钟嵘称他“贞骨凌霜，高风跨俗”。这两句是说“苦”的原因，汲汲营营奔走于长安道者，多为稻粱谋，而绝少刘桢这样坚守节操，不向恶势力妥协的人。其时唐已至乱世末世，与建安相类似，作者故有此叹。

省试夜[1]

白莲千朵照廊明[2]，一片承平雅颂声[3]。更报第三条烛尽[3]，文昌风景画难成[5]。

①“省试”，指唐代由尚书省举行的考试，又称会试。考中者即为登进士第。这首诗是写夜考答卷之事。该诗一作韦承贻诗。

②“白莲”，代指点燃的白蜡烛。其状如白莲，故名。“廊”，考棚之廊。

③这句是说，答题的内容全是称颂太平盛世的。“承平”，太平。“雅颂”，《诗经》中《雅》《颂》的全称，后世称盛世之乐。此处指作文内容。

④这句是说交卷时间到了。唐时进士考试，以三条蜡烛燃尽为答题时限。

⑤这句是说科举考试场面壮观，更寓从此而登龙门之意。“文昌”，官署名。唐武后光宅元年改尚书省为文昌台，又改为文昌都省。唐人诗文中因以文昌为尚书省的别称。“画难成”，难以画出，意为特别美好。

此时考生心境，清人毕沅题杭州贡院联可参稽。联云：“下笔千言，正桂子香时，槐花黄后；出门一笑，看西湖月满，东浙潮来。”

韩　琮

韩琮，长庆四年（824）中进士，初为陈许节度判官，后历中书舍人，懿宗大中年间，仕至湖南观察使，诗多清新之制。《全唐诗》编其诗一卷。

暮春浐水送别[①]

绿暗红稀出凤城，暮云楼阁古今情[②]。行人莫听宫前水[③]，流尽年光是此声[④]。

①“浐水”，源出长安南秦岭山中，经长安大明宫东侧北流汇灞水入渭。题一作《暮春送客》。

②“绿暗红稀”，指树木叶色加深，花事已过，正是暮春时节。“凤城”，京城。“古今情”，古今兴亡人事沧桑悲欢离合诸情。

③“宫前水”，浐水流经大明宫侧，故云。

④此句暗寓孔子“逝者如斯，不舍昼夜”之意。谓光阴易逝。这首送别诗，无歧路沾巾之俗，有语重心长之雅，非唯深沉，亦别具一格。

贾　岛

贾岛（779—843），字阆仙，一作浪仙，范阳（今河北昌黎北，一作涿州，一作北京附近）人。初落拓为僧，后以诗投韩愈，和孟郊、张籍、姚合酬唱，诗名大著。还俗后，屡举进士不第，文宗时，坐飞谤，贬长江（今四川蓬溪）主簿，人称贾长江。后迁普州（今四川省安岳县）司仓参军。有《长江集》。贾岛穷愁苦吟，其诗喜写荒凉枯寂之境，颇多寒苦之辞。虽与孟郊齐名，有“郊寒岛瘦”之称，然而贾不及孟，孟坚而贾脆，孟深而贾浅。其诗以五律见长，诗风清奇苦僻。《全唐诗》编其诗四卷。

冬月长安雨中见终南雪[1]

秋节新已尽，雨疏露山雪[2]。西峰稍觉明，残滴犹未绝。气侵瀑布水[3]，冻著白云穴。今朝灞浐雁，何夕潇湘月。想彼石房人，对雪扉不闭[4]。

①“终南”，指终南山。

②“新已尽”，刚刚过去。

③“气”，指雨气。

④这两句写鸿雁南飞。“灞浐”，二水名，流经长安城东。“潇湘”，潇湘二水，均在今湖南省。潇水北流入湘，诗文中多称湘水为潇湘。此处借指今湖南地区。

⑤“石房人”，可能指无可上人。无可系贾岛堂弟，为僧后居住在长安西南的圭峰下。“扉”，门扇。“扉不闭”，一作“必结切”。

延康吟①

寄居延寿里，为与延康邻②。不爱延康里，爱此里中人③。人非十年故，人非九族亲④。人有不朽语，得之烟山春⑤。

①“延康”，长安城内坊名。作者吟延康，实际上吟的是住在延康里的朋友。据李嘉言《贾岛年谱》记载，元和七年，贾岛自范阳返京，居延春坊，此诗作于当时或稍后，诗中的“里中人”，指诗人张籍。

②“寄居”，即客居、借居。“延寿”，长安城内坊名，与延康坊相邻（中隔光德坊）。“里”，宅院，民户居处。下文写出爱延康里的原因。

③“爱此里中人”，爱屋及乌，自然爱延康里也。说不爱，实则爱也。

④这两句说，此里中人张籍，与自己非亲非故。然而爱，爱之有因，引出下文。

⑤“不朽语”，永不磨灭的语言，即让人永不能忘的语言。“烟山春”，云烟缭绕的春山。

京北原作①

登原见城阙，策蹇思炎天②。日午路中客，槐花风处蝉③。远山秦木上，清渭汉陵前④。何事居人世，皆从名利牵。

①“京北原”，指长安城北渭河北岸的高陵原（二级阶地），此诗因其困顿长安而有自伤之意。愚按：长安城北固然有龙首原，因其在大明宫近侧，又属禁苑，未许凡人到此来。更兼诗中所说汉陵云云，于龙首

原不合，故此原当为渭河北岸之原。此原地处高敞，长安城即在望中。

②“策蹇（jiǎn）”，鞭策驽钝之马。蹇，跛，行动迟缓。借喻驽劣之马。“炎天”，指盛夏。《说文》：“炎，火华也。”此处言火之盛如火之华，指大暑天。

③“槐花”，此处指槐（非洋槐）树开花，时在六月（阴历）。

④“远山”，指终南山。“秦木上”，秦地树木之上（因山高也）。“木”，一作“树”。“渭”，渭水。“汉陵”，指汉五陵，即高祖长陵、惠帝安陵、景帝阳陵、武帝茂陵、昭帝平陵。五陵皆在长安附近渭水之北。

温庭筠

温庭筠（约812—866），原名岐，字飞卿，太原（今属山西）人。屡举进士不第，官国子助教，常作诗忤时相令狐绹，由是渐被疏远，故不得大用。诗与李商隐齐名，时称“温李”，但温实不及李。作诗八叉手而成，时称“温八叉”，其诗风格秾丽，然而一些吊古咏史行旅之作，则气韵清澈。此外，他又是晚唐词的专业作者，成就影响胜于诗，被称为“花间派”鼻祖。《全唐诗》编其诗九卷。

长安春晚二首

曲江春半日迟迟，正是王孙怅望时①。杏花落尽不归去，江上东风吹柳丝。

①“春半”，指二月。“日迟迟”，春日和舒。“迟日”，《诗经·豳风·七月》：“春日迟迟。”后以“迟日”指春日。“怅望”，怅然凝望。

四方无事太平年，万象鲜明禁火前[①]。九重细雨惹春色，轻染龙池杨柳烟[②]。

①“禁火”，旧俗于寒食节（清明前一日或两日）禁火寒食，称禁火日。

②“九重”，九重城，指长安城。“龙池”，在兴庆宫内，占地近三百亩，亦名兴庆池。

刘　驾

刘驾，字司南，江东人，登大中进士第，官国子博士。《全唐诗》编其诗一卷。

曲江春霁

宿雨洗秦树，旧花如新开[①]。池边草未干，日照人马来。马蹄踏流水，渐渐成尘埃[②]。鸳鸯不敢下，飞绕岸东西[③]。此地喧仍旧，归人亦满街[④]。

①“宿雨”，夜雨。

② 这两句是说，骑马游曲江者多，故马蹄踏流水，先踏成泥滓，泥滓渐干而再踏成土，土渐干经马踏而成尘埃。

③ 这两句是说，鸳鸯不敢下到曲江水面，因惧怕人马众也。

④“喧仍旧”，言游人仍然多也。“亦满街”，言归人依然多也；归人满街而曲江游人不减，言络绎不绝江边人满也。

刘　沧

刘沧，字蕴灵，鲁人。宣宗大中八年（854）擢进士第，调华原尉，迁龙门令。诗句清丽，句法与赵嘏、许浑相仿佛。《全唐诗》编其诗一卷。

及第后宴曲江

及第新春选胜游，杏园初宴曲江头①。紫毫粉壁题仙籍，柳色箫声拂御楼②。霁景露光明远岸，晚空山翠坠芳洲③。归时不省花间醉，绮陌香车似水流④。

① 刘沧屡试方第，“几到青门未立名，芳时多负故乡情”（《下第后怀旧居》），故一旦中第便花间醉倒，至喜也。“选胜”，寻游名胜之地。

②“紫毫”，紫色兔毛。用其制成的笔称紫毫笔。“仙籍”，古时以科举及第为登仙，故称及第者的资格与名姓籍贯为仙籍。“御楼”，指建造在曲江的皇楼。

③“霁景”，雨后天晴之景。“山”，指终南山。

④“不省”，不察。“绮陌”，繁华的街道。

望未央宫[①]

西上秦原见未央[②]，山岚川色晚苍苍。云楼欲动入清渭，鸳瓦如飞出绿杨[③]。舞席歌尘空岁月[④]，宫花春草满池塘。香风吹落天人语，彩凤五云朝汉皇[⑤]。

①“未央宫”，西汉宫殿名。故址在今西安市西北汉都故城（即汉城）内西南角。高祖七年营建，极其壮丽。王莽时改名寿成室，末年损于兵火。东汉、隋、唐曾屡加修葺，《旧唐书》就有高祖李渊在未央宫置酒大宴群臣的记载。武宗时又对此宫加以修葺，唐末毁。

②“秦原”，此处指龙首原。未央宫即在龙首原侧。

③“清渭”，指渭水，在未央宫北，“西上”，因未央宫在唐在长安城西，故曰西上。“鸳瓦”，即鸳鸯瓦，互相成对的瓦。“歌尘”，歌声的流风馀韵。

④“尘”，踪迹，流风馀韵。“空岁月”，穷尽岁月。空，罄尽。

⑤“天人”，出类拔萃的人，犹言天上人。这里指宫殿中的嫔妃及歌女。“彩凤五云”句，言天人相谐，喻清平之世。“汉皇”，指唐代皇帝，唐人诗中，每每以汉代唐。

看榜日[①]

禁漏初停兰省开，列仙名目上清来[②]。飞鸣晓日莺声远，变化春风鹤影回[③]。广陌万人生喜色，曲江千树发寒梅[④]。青云已是酬恩处，莫惜芳时醉酒杯[⑤]。

① 刘沧科场沉沦有年。大中八年，他终于中第。本篇写的就是该年看进士放榜事，得意之情跃然纸上。

② 这两句言放榜。“禁漏”，宫中用以计时的器具。“兰省”，即兰台，唐高宗龙朔二年（662）改秘书省为兰台，武后垂拱元年（686）又改为麟台，咸亨初复旧。唐人诗文中常称秘书省为兰台或兰省，它是监掌国家经籍图书之事的机构。“列仙”，借喻中榜的进士。“上清”，道家认为是神仙居住的三清（玉清、太清、上清）仙境之一。此处指秘书省。

③ 这两句写看榜时的人境。晓日莺声，赏心也；春风鹤影，惬意也。

④ 这两句写放榜后的轰动效应。唐时，中榜进士，要雁塔题名，曲江宴饮，还要在都城主要大街上巡游以显光耀。

⑤ 这两句写中榜后的喜悦。酬恩之处，在青云也；应重芳时，杯莫停也。“青云”，双关语，既言高空，又喻登科，旧多称登科为平步青云。“芳时”，双关语，既言春时，又言中榜之时。

李　频

李频（？—876），字德新，睦州寿昌（今属浙江建德市境）人。宣宗大中八年（854）擢进士，调秘书郎，为南陵主簿，迁武功令，性耿介，敢于抑制地方豪强，打击恶势力，又重视农业，深得百姓拥护，守法不阿，迁都官员外郎，后为建州（今福建建瓯）刺史，以礼治下，建州赖以安。卒于官。其诗风格近似刘长卿。诗集本名《建州刺史集》，又称《梨岳集》。《全唐诗》编其诗三卷。

乐游原春望①

五陵佳气晚氛氲，霸业雄图势自分②。秦地山河连楚塞，汉家宫殿入青云③。未央树色春中见，长乐钟声月下闻④。无那杨华起愁思，满天飘落雪纷纷⑤。

① 乐游原，在长安城东，地处高敞，是长安游览胜地。李频春望怀古，而起愁思，非唯愁汉，更是愁唐。唐至末期国事多不堪，难怪其见杨华而起愁思。

②“五陵”，汉朝皇帝每立陵墓，都把西方富家贵族和外戚迁至陵墓附近居住。最著名的为五陵，即高祖长陵、惠帝安陵、景帝阳陵、武帝茂陵、昭帝平陵。后来诗文中常以五陵为豪门贵族聚居之地。“氛氲”，盛貌。“霸业”，王霸之业。指西汉。

③“连楚塞”，双关语，既言地理，亦言刘邦及其后人。刘邦本贯沛县，属楚地，故云。“青云”，天空。“宫”，一作“楼”。

④“未央”，与下文之“长乐”均为汉宫名，故址在今西安市西北。未央宫是刘邦的皇宫，至唐尚存。汉十一年（前196），韩信被吕后斩于长乐宫之钟室（悬钟之室）。长乐宫至唐尚存，天宝后废。

⑤“无那”，即无奈，奈何。“杨华”，即柳絮。杨与柳同科异属，唯枝上挺，春日皆有白絮飞散。古诗文中杨柳常通用，如垂柳亦称垂杨。

入朝遇雪①

霜鬓持霜简，朝天向雪天②。玉阶初辨色，琼树乍相鲜。

密翳空难曙，盈徵瑞不愆[③]。谁为洛阳客，是日更高眠[④]。

① 依诗中所述，本篇当是诗人任侍御史时所作。

②“霜简”，御史弹劾奏章。亦称白简。“朝天”，谒见皇帝。

③ 这四句写下雪之瑞。玉阶色白也，琼树色鲜也，大雪纷飞也，丰年瑞兆也。“琼树”，对披雪之树的美称。“密翳”，指雪花纷纷扬扬，彤云密布。翳，障蔽。“空难曙”，指雪天空中阴而不明。曙，明，显露。“盈”，充满。“徵”，迹象。“愆（qiān）”，过失。

④“洛阳客”，即洛阳花下客。“高眠”，即弛心而眠。

李　郢

李郢，字楚望，长安人，大中十年擢进士第，官终侍御史。其诗清丽，极能写景状怀。《全唐诗》编其诗一卷。

春晚与诸同舍出城迎座主侍郎[①]

三十骅骝一閧尘[②]，来时不锁杏园春[③]。东风柳絮轻如雪，应有偷游曲水人[④]。

①《唐摭言》云：“大中十年（856），郑颢都尉（帝婿）放榜，请假往东洛觐省，生徒饯于长乐驿，俄有记于屋壁曰：（诗略）。”长乐驿，在长安城通化门东临近浐水处。“座主侍郎”，即任侍郎的主考官，此

指郑颢。唐代进士考试，主考官大抵由礼部侍郎担任。座主，唐代进士称主考官为座主。“舍”，客馆。此诗一作郑颢诗。

②“三十骅骝”，三十骑。大中十年省试，录进士三十多人，状元为崔铏。这里指中第者全部。“骅骝”，双关语，既指良马，亦喻异才。“閧（hòng）”，同“哄”，喧闹。

③“杏园春”，双关语，既言自然之春，亦喻进士及第。“杏园”，园名，故址在今西安大雁塔南。为新进士游宴之地，因此用喻进士及第。

④“东风”句，唐时长安广植柳树，“灞柳风雪扑满面”为关中八景之一。柳絮飞雪，点出时间，即春榜放时的春月。“曲水”，指曲江。“偷游曲水人”，作者自指。

曹　邺

曹邺，字业之，桂州（州治在今广西桂林）人，大中四年（850）进士及第。官祠部郎中，洋州（州治在今陕西洋县）刺史。诗作内容多抒写其政治上不得志的感慨，亦反映当时的社会现实。最著者为《官仓鼠》：“官仓老鼠大如斗，见人开仓亦不走。健儿无粮百姓饥，谁遣朝朝入君口。”《全唐诗》编其诗二卷。

杏园即席上同年[①]

岐路不在天，十年行不至。一旦公道开，青云在平地[②]。

枕上数声鼓，衡门已如市。白日探得珠，不待骊龙睡[③]。

匆匆出九衢，童仆颜色异。故衣未及换，尚有去年泪④。晴阳照花影，落絮浮野翠。对酒时忽惊，犹疑梦中事⑤。自怜孤飞鸟，得接鸾凤翅。永怀共济心，莫起胡越意⑥。

① 曹邺科场困顿，累举不第，愤而作《四怨三愁五情诗十二首》，雅道甚古，“以望诗人救”。后来终于大中四年进士及第。宴于杏园，遂即席作此诗，上同榜进士，亦是夫子自道。情真而意切，故可贵。

② 这四句写为及一第而费时十年。“岐路”，岔道。“岐”通“歧”。“十年”，谓累举不第的年岁。“青云”句，言进士易得，此句语含激愤。

③ 这四句写及第消息传来当日之情景。锣鼓声喧，而人尚卧也；陋室如洗，而已如市也。探骊得珠，而骊龙未睡也。“衡门”，横木为门，喻简陋的房屋。探骊得珠，“骊龙睡”，即探骊得珠。古代寓言说深渊中有骊龙，颔下有千金之珠，欲得之甚难。（见《庄子·列御寇》）后谓诗文能得命题精蕴为探骊得珠。

④ 这四句写出急出九衢之得意心态。匆匆而出，迫不及待也；童仆色异，惊慕之甚也。故衣未换，心喜而急切也；衣有泪痕，心悲尚未得第也。“九衢”，四通八达的道路。“颜色异”，脸上现出极其羡慕之色。

⑤ 这四句写外出之情景。晴阳花影，春如画也；落絮浮翠，艳阳天也。对酒忽惊，竟得第也；犹疑在梦，恐非真也。“絮”，指柳絮，柳絮春日因风而起，故曰“落絮浮野翠”。

⑥ 这四句写及第后当报效国家。自怜孤鸟，惜无援也；得接凤翼，可高翔也。共济之心，当永怀也；胡越之意，万莫起也。“胡越”，胡地在北，越地在南，相隔甚远，比喻疏远、隔绝。

袁　皓

袁皓，宜春（今属江西）人。登咸通进士第。僖宗奔蜀，擢仓部员外郎。龙纪中，为集贤殿图书使。《全唐诗》编其诗四首。

及第后作①

金榜高悬姓字真，分明折得一枝春②。蓬瀛乍接神仙侣③，江海回思耕钓人。九万抟扶排羽翼④，十年辛苦涉风尘。升平时节逢公道，不觉龙门是崄津⑤。

① 此作一气呵成，及第后得意之色跃然纸上，千载以下读之，如见其人。

② “金榜”，指科举应试考中者的名单。“一枝春”，喻中第一枝，用晋郤诜典，即“桂林之一枝”。喻出类拔萃。

③ “蓬瀛”，即蓬莱、瀛洲，皆山名，相传为仙人所居。“神仙侣”，因有进士身份，故作者以此自命。

④ “九万抟（tuán）扶”，《庄子·逍遥游》：“抟扶摇而上者九万里。”扶摇，旋风，谓大鹏鸟如旋风圜飞而上。后因称鸟乘风捷上曰抟风。“排”，解、冲。

⑤ “龙门”，在今陕西韩城市与山西河津市间。辛氏《三秦记》：“河津一名龙门，大鱼积龙门数千不得上，上者为龙，不上者（鱼），故云曝腮龙门。”唐代称进士登科为登龙门。“崄（xiǎn）”，高险。

李　拯

李拯，字昌诗，陇西人。登咸通十二年进士第。僖宗朝，累官考功郎、知制诰。僖宗奔蜀后，邠宁节度使朱玫叛，擅立嗣襄王李煴为皇帝，李拯被逼受翰林学士伪职，及王行瑜杀朱玫，李煴逃跑，李拯被乱兵所杀。《全唐诗》编其诗一首。

退朝望终南山①

紫宸朝罢缀鸳鸾，丹凤楼前驻马看②。惟有终南山色在③，晴明依旧满长安④。

① 李拯在僖宗时累官考功郎、知制诰。广明元年底（时已至 881 年）黄巢义军占领长安，僖宗西逃，先至凤翔，再奔蜀。光启二年（886）正月邠宁节度使朱玫叛，寇凤翔，四月，朱玫以嗣襄王李煴入京师，十月，嗣襄王自立为皇帝。朱玫秉政，百揆失序，逼李拯为翰林学士。李拯遂作此诗。

②“紫宸”，殿名。在大明宫内，为唐朝皇帝接见群臣、外国使者朝见庆贺的内朝正殿，大明宫第三殿为紫宸殿。安史乱后，皇帝大多在此起居。“缀”，联结。“鸳鸾”，喻贤人。李拯被逼为官，故而罢朝后，他要联结不愿效忠李煴伪政权的贤人。

③“丹凤”，即丹凤门，大明宫南面的正门。“驻马看”，言诗人心忧万虑也。

④ 这两句是以终南山设喻。终南山因在长安城南极近处，故其山色，从

城中看来，是晴明依旧满长安的。这两句亦是双关语，既言诗人与“鸳鸾”们行守刚正，似葵藿向阳而倾心向着僖宗，又言长安百姓盼望僖宗自蜀归来，结束李煴伪政权。

林 宽

林宽，侯官（今福建福州）人。《全唐诗》编其诗一卷。

省试腊后望春宫①

皇都初度腊，凤辇出深宫②。高凭楼台上，遥瞻灞浐中③。仗凝霜彩白④，袍映日华红。柳眼方开冻，莺声渐转风。御沟穿断霭，骊岫照斜空⑤。时见宸游兴，因观稼穑功⑥。

① 这是进士科考应试诗。“省试”即由尚书省举行的考试，又称会试，考中者即登进士第。“腊”，祭名。岁终祭众神之名。汉腊行于十二月，故后世以十二月为腊月。“望春宫”，离宫名，在长安东郊，有南北二宫，临浐水。

②“凤辇”，帝王之车。

③“灞浐”，二水名，经流长安城东，此句写东望。

④“仗”，仪仗。

⑤“霭”，云气。“骊岫”，指骊山。骊山在长安东，这两句亦写东望。

⑥“宸游”，帝王的巡游。“稼穑（sè）”，种谷曰稼，收获曰穑。泛指农事。

朱坡

朱坡坡上望[①]，不似在秦京[②]。渐觉溪山秀[③]，更高鱼鸟情。夜吟禅子室，晓爨猎人铛[④]。恃此偷佳赏，九衢蜩未鸣[⑤]。

①“朱坡”，地名，在长安东南樊川之下杜（今之长安区杜曲）。

②“秦京”，指长安。

③“山”，即终南山，朱坡近山，故云渐觉溪山秀。

④“禅子”，僧人。禅，梵语“禅那”的省称，意为“思维修”，静思之意。“爨（cuàn）”，烧火煮饭。“铛（chēng）”，锅的一种，平底。

⑤“九衢”，四通八达的道路。“蜩（tiáo）”，蝉。

罗　邺

罗邺，馀杭（今属浙江）人，累举进士不第。昭宗光化中，以韦庄奏，追赐进士及第，赠官补阙。《全唐诗》编其诗一卷。

帝里[①]

喧喧蹄毂走红尘[②]，南北东西暮与晨。谩道青云难得路，何曾紫陌有闲人[③]。杯倾竹叶侯门月，马落桃花御水春[④]。只合咏歌来大国，况逢文景化惟新[⑤]。

①“帝里”，京都，犹言首都。

②“蹄毂（gǔ)”，代指车马。蹄，马蹄。毂，车轮中间车轴贯入处的圆木。

③“谩”，通“慢”，傲慢，不敬。“青云”，喻官高爵显。“紫陌”，指帝都郊野的道路。

④“竹叶”，指竹叶酒。“侯门”，侯王之宅。“马落桃花”，马背上落下桃花。

⑤“合”，适合。“大国”，即国都。国，国都，城邑。“文”，礼乐制度。“化”，变化，改变。“惟新”，同“维新”，变旧法、行新政。古籍中，惟、唯、维往往通用。

曲江春望

故国东归泽国遥①，曲江晴望忆渔樵。都缘北阙春先到，不是南山雪易消②。瑞影玉楼开组绣，欢声丹禁奏云韶③。虽然未得陪鸳鹭，亦酹金觞祝帝尧④。

①“故国”，故乡。“泽国”，水乡。罗邺本贯馀杭（杭州），属于水乡，故云。

②“北阙”，古代宫殿北边的门楼。后通称帝王宫禁为北阙。这两句是说，春色先到皆因有皇都之故。

③“组绣”，华丽，精美如绣。“丹禁”，帝王所居的禁城。“云韶”，燕乐（内廷之乐）名。

④“鸳鹭”，鸳、鹭皆水鸟。止有班，行有序，因以喻朝官列班。“觞”，盛有酒的杯。“帝尧”，称颂当朝皇帝是如唐尧一样的明君。

章　碣

章碣，钱塘（今浙江杭州）人，孝标之子，登乾符进士第。后流落不知所终。《全唐诗》编其诗一卷。

城东即事[①]

闲寻香陌凤城东[①]，时暂开襟向远风[②]。玉笛一声芳草外，锦鸳双起碧流中。苑边花竹浓如绣，渭北山川澹似空[③]。回首汉宫烟霭里，天河金阁未央宫[④]。

①“陌”，路。“凤城”，指长安城。

②“开襟”，敞开胸怀。襟，开怀，胸怀。“向远风”引出以下诸句。

③“渭北山川”，长安城在渭河南，北望故见“渭北山川”。“澹”，澹薄。

④“汉宫”，借指唐宫。“天河”，指城北的渭河。《三辅黄图》：“渭水灌都，以象天汉。”“金阁”，指鸾凤阁。“未央宫”，借指大明宫。

焚书坑[①]

竹帛烟销帝业虚[②]，关河空锁祖龙居[③]。坑灰未冷山东乱[④]，刘项原来不读书。

①秦始皇三十四年，秦下令焚书。焚书的“理由”是，书中之精义的传播和影响已威胁到秦的统治。焚书坑据传是当年焚书所留下的洞穴，地在骊山一谷中。作者借此以发对秦亡之速的议论。

②“竹帛”，秦时尚无纸，以竹帛为书写材料，此处代指书。“烟销”，指书被焚。“帝业虚”，指秦朝的统治空虚。帝业，皇业。

③“关河”，指函谷关和黄河。这里泛指秦都四塞之关河。“祖龙”，指秦始皇。

④“坑灰未冷”，指焚书后时间很短，秦朝便风雨飘摇。焚书后之两年，始皇死，再两年，陈胜吴广起义于大泽乡。随之项羽、刘邦又起兵响应。因起义之地在今安徽、江苏一带，位于华山之东，故曰山东。“山”，指华山。一说指太行山。

⑤“刘项”，刘邦和项羽。山东之乱后不久，秦王朝灭亡于刘邦和项羽之手。刘项二人，一个不务正业，一个出身行伍，皆非读书之人。非读书之人而能灭亡焚书之秦，书何罪之有？书既无罪而被焚，足见焚书之秦行暴政而自毙也，此句讽刺极深。

秦韬玉

秦韬玉，字仲明，京兆（今陕西西安）人。应进士不第，中和二年（882）特赐进士及第。僖宗奔蜀，他在大宦官田令孜府中任神策判官，田荐他官工部侍郎。诗以七律见长。原有集，已散佚，明人辑有《秦韬玉诗集》。《全唐诗》编其诗一卷。

天街①

九衢风景尽争新，独占天门近紫宸②。宝马竞随朝暮客，香车争碾古今尘③。烟光正入南山色，气势遥连北阙春④。莫见繁华只如此，暗中还换往来人⑤。

①“天街”，见韩愈《早春呈水部张十八员外二首》注②。本篇以天街着眼，见出繁华路上人物之沧桑。

② 这两句写天街之占地利。“九衢”，四通八达的道路。“天门”，帝王宫殿之门。“紫宸”，殿名。在大明宫内。

③ 这两句写天街行人之繁多。“宝马”“香车”，见富豪也；“竞随”“争碾”，见人众也。

④ 这两句写天街之气势。“正入南山色”，见烟光之大之远也；“遥连北阙春”，见气势之伟之雄也。“北阙”，古代宫殿北面的门楼，是大臣等候朝见或上书奏事的地方。代指帝王宫禁。

⑤ 这两句写天街行人之变换。暗中换，言不易觉察也，亦言沧桑巨变也，语极含蓄。

曲江①

曲沼深塘跃锦鳞，槐烟径里碧波新②。此中境既无佳境，他处春应不是春。金榜真仙开乐席③，银鞍公子醉花尘④。

明年二月重来看，好共东风作主人[5]。

① 本篇是秦韬玉下第后游曲江而作，醉酒花尘以消愁，期望来年题名金榜。“槐烟”，槐树（非洋槐）六月开花，繁花似烟，故云。

② 这两句是说，旅游胜地之曲江已无佳境，足见他处之春应不是春。言其无心绪也。

③“金榜真仙”，指新榜进士。“开乐席”，指曲江宴。

④“银鞍”，谓马鞍之色。

⑤“二月”，唐时秋日举行进士考试，春日放榜，二月当指放榜之时。“东风”，春风。“作主人”，言登进士第。秦韬玉后来于中和二年(882)，终于得到皇帝之诏命而及第。

唐彦谦

唐彦谦，字茂业，并州晋阳（今山西太原）人。咸通二年进士及第。中和年间，王重荣荐为河中从事。历节度副使，晋、绛二州刺史。重荣遇害，彦谦贬汉中掾。杨守亮镇兴元，署为判官，累官至副使，后任阆州刺史。彦谦博学多艺，文辞壮丽，号鹿门先生。《全唐诗》编其诗二卷。

曲江春望

杏艳桃光夺晚霞，乐游无庙有年华[1]。汉朝冠盖皆陵墓，十里宜春汉苑花[2]。

①“光”，一作“娇”。“乐游”，乐游园，详见杜甫《乐游园歌》注①。汉宣帝神爵三年于此建乐游庙，至唐，庙已无存。作者于此而望曲江。

②“汉朝”句，是说汉代皇帝及达官都只有陵墓在长安周围。“宜春”，宜春苑。在曲江。“汉”，一作“下”。

郑　谷

郑谷，字守愚，袁州（治今江西宜春）人。僖宗光启三年（887）进士，官至都官郎中，人称“郑都官”。又以《鹧鸪》诗闻名，人称“郑鹧鸪”。乾宁三年（896），唐昭宗避难到华州，他也赶去，“寓居云台道舍”，因自命诗集为《云台编》。郑谷的诗属唐末轻巧清快之格调，诗名颇高。《全唐诗》编其诗四卷。

阙下春日[1]

建章宫殿紫云飘，春漏迟迟下绛霄[2]。绮陌暖风嘶去马[3]，粉廊初日照趋朝。花经宿雨香难拾，莺在豪家语更娇。秦楚年年有离别，扬鞭挥袖灞陵桥[4]。

①“阙下”，宫阙之下。这首诗写作者离开长安返回家乡之事。

②“建章”，汉宫名，此处代指唐宫。“漏”，古代计时器，引申指时间，时刻。“下绛霄”，从宫殿出来。绛，深红色，绛霄喻极高的宫殿。

③“绮陌”，纵横交错的道路。

④“秦楚”，作者系袁州人，属于楚地。这两句是说年年离秦返楚，今年依旧过灞桥东归。

郊墅

韦曲樊川雨半晴[①]，竹庄花院遍题名。画成烟景垂杨色，滴破春愁压酒声[②]。满野红尘谁得路，连天紫阁独关情[③]。渼陂水色澄于镜[④]，何必沧浪始濯缨[⑤]。

①“韦曲樊川”，地名，指韦曲至杜曲一带，因刘邦封樊哙之地于此，故名樊川。此地达官显爵之别墅园亭甚多，号为胜地。“遍题名”，都有名号。

②“烟景”，春日的景色。“压酒”，新酒酿熟时，压紧醉床取酒。

③“得路”，比喻仕途通达。“紫阁”，即紫阁峰，在今西安市鄠邑区东南三十里终南山中。“关情”，关切之情。

④“渼陂”，古湖名。在今西安市鄠邑区西。渼陂受终南山之水，西北流入涝水。《十道志》：“陂鱼甚美，因名之。”

⑤“沧浪”，古水名，地在今湖北省境内。“濯缨”，洗涤冠缨，也比喻超脱尘俗，操守高洁或避世隐居。《楚辞·渔父》：“沧浪之水清兮，可以濯吾缨。”

题兴善寺[①]

寺在帝城阴，清虚胜二林[②]。藓侵隋画暗，茶助越瓯深[③]。巢鹤和钟唳，诗僧倚锡吟[④]。烟莎后池水，前迹杳难寻[⑤]。

①“兴善寺”，建于晋代，初名遵善寺，隋开皇二年（582）更名为大兴善寺，寺在长安城内兰陵坊（今西安南郊小寨附近）。

②“清虚”，清静虚无。“二林”，指庐山二林寺。

③“越瓯”，指东南吴越一带出产的陶瓷茶杯。

④“唳（lì）”，鸟鸣。“锡”，锡杖。僧所持之杖，亦称禅杖。

⑤“烟莎”，烟雾笼罩的莎草。“杳”，昏暗，深远。引申为不见踪影之意。

游贵侯城南林墅[①]

韦杜八九月[②]，亭台高下风。独来新霁后，闲步澹烟中。荷密连池绿，柿繁和叶红。主人贪贵达，清境属邻翁[③]。

① 唐时，长安城南之樊川一带多建有山庄别墅，著名者如何将军山林、郑驸马池台、牛僧儒郊居、杜佑别墅等。郑谷亦有别墅建于此处。“贵侯”，指达官显宦。“林墅”，林泉别墅。

②“韦杜”，樊川一带是韦、杜两姓贵族世代聚居之地。谚云：“长安韦杜，离天尺五。”

③“达贵”，宝贵通显。“清境”，清幽之境。

陆 扆

陆扆，字祥文，吴郡嘉兴（今属浙江省）人，昭宗朝拜相，迁洛后，贬濮州司户，死白马驿。《全唐诗》编其诗一首。

禁林闻晓莺

曙色分层汉，莺声绕上林①。报花开瑞锦，催柳绽黄金②。
断续随风远，间关送月沉③。语当温树近④，飞觉禁园深。
绣户惊残梦，瑶池啭好音⑤。愿将栖息意，从此沃天心⑥。

①“曙色”句，言东方渐晓，天空由东向西渐次呈现曙色。“上林”，见李隆基《望春台》注⑬。

②“柳绽黄金”，柳芽初发叶色金黄。故曰绽放黄金。

③“间关”，鸟鸣声。

④“语”，指莺声。

⑤“瑶池”，古代神话中神仙所居。此处指宫禁。

⑥“沃天心”，即沃心。《尚书·说命》：“启乃心，沃朕心。”疏：“当开汝心所有，以沃灌我心，欲令以彼所见教己未知，故也。”后指臣下向皇帝献谋建议为沃心。这两句说，莺愿将栖息禁林的祥瑞之意，献给皇帝。

杜荀鹤

杜荀鹤（846—904），字彦之，池州石埭（今安徽太平）人。自号九华山人。大顺二年（891）第一人擢进士第。其部分诗篇反映唐末军阀混战局面下的社会矛盾和人民的悲惨境遇，有《唐风集》。《全唐诗》编其诗三卷。

春宫怨①

早被婵娟误，欲妆临镜慵②。承恩不在貌，教妾若为容③。风暖鸟声碎，日高花影重④。年年越溪女，相忆采芙蓉⑤。

① 这首宫怨诗，借描写宫女之孤苦寂寞，以寄托诗人难被人赏识之怅惘。

② 这两句写美貌误人之苦闷。入宫后冷落既久，已无心梳妆打扮，以取悦于皇帝。“婵娟”，美好的容貌。“妆”，梳妆。“慵”，懒。

③ 这两句写不能承恩之怨。“承恩”，承受皇帝的恩泽，即得到宠爱。妾所承恩，因貌，而貌美又难承恩，打扮又有何用！“教”，使。“妾”，古代妇女之自称。“若为容”，即怎样打扮。

④ 这两句写宫中的花香鸟暖，以反衬宫女之怨苦之情。“重”，重叠，浓密。胡仔《苕溪渔隐丛话》卷二十三：“故谚云：‘杜诗三百首，惟在一联中：风暖鸟声碎，日高花影重。’”清代贺裳《载酒园诗话·又编》更是评曰：“‘承恩不在貌，教妾若为容’，此千古透论！”

⑤ 这两句写怨情而想起旧日的女伴。“越溪女”，用西施典故，即西施在

越溪浣纱时的女伴。采芙蓉，女伴自由得意也；婵娟误，自己幽怨无奈也。故清代纪晓岚云：“结句妙，于对面着笔，便有多少微婉。”芙蓉，荷花。

御沟柳①

律到御沟春②，沟边柳色新。细笼穿禁水，轻拂入朝人。日近韶光早，天低圣泽匀③。谷莺栖未稳，宫女画难真。楚国空摇浪，隋堤暗惹尘④。如何帝城里，先得覆龙津⑤。

①“御沟”，流经宫内的河道。也称杨沟或羊沟。

②“律”，用竹管或金属管做成的候气的仪器。“御沟”，一作“九重”。

③“日”，意双关，既指太阳，亦指皇帝。“韶光”，犹韶景。谓美好时光，也指春光。“圣泽”，皇帝的恩泽。

④这两句以楚灵王和隋炀帝典，言柳树枉生在那里。“楚国”句，《韩非子·二柄》：“楚灵王好细腰，而国中多饿人。”此处以细腰比柳树枝条。唐彦谦《垂柳》中句“楚王江畔无端种，饿损纤腰学不成”，与此句意近。“摇浪”言江畔弱柳扶风，空摇江浪，故称摇浪。“隋堤”句，隋炀帝修运河，自山阳至扬子入长江段，名曰邗沟。渠广四十步，旁筑道，并植杨柳，后人谓之隋堤。

⑤“如何”，怎样。“帝城”，国都。“覆”，遮盖，掩蔽。“龙津”，犹言龙门，此处指御沟。这两句言御沟柳之幸。

韦 庄

韦庄（约836—910），字端己，京兆杜陵（今陕西省西安市东南）人。昭宗乾宁元年（894）登进士第，授校书郎，转补阙，李询为西川宣谕和协使，韦庄为判官，以中原黄巢起义，潜依西川藩将王建。王建辟为掌书记。唐亡，王建建立前蜀，以其为宰相。韦庄饱受乱离之苦，多伤时之作，早年作《秦妇吟》长诗，颇有名。他又是著名词人，词风秾丽柔媚，是“花间词派”的标志性人物。有《浣花集》。《全唐诗》编其诗六卷。

延兴门外作①

芳草五陵道，美人金犊车②。绿奔穿内水③，红落过墙花。马足倦游客，鸟声欢酒家。王孙归去晚④，宫树欲栖鸦。

①“延兴门”，唐长安城东三门中之南门。

②“金犊车”，小牛所驾的华贵座车。

③“穿内水”，穿过皇宫内城的河流。

④“王孙”，贵族子孙。

长安清明

蚤是伤春梦雨天，可堪芳草更芊芊①。内官初赐清明火②，上相闲分白打钱[3]。紫陌乱嘶红叱拨，绿杨高映画秋千[4]。游人记得承平事，暗喜风光似昔年[5]。

①“蚤”，通“早”。“梦”，一作“暮”。“可堪”，犹言“哪堪”。“芊芊”，草木茂盛貌。

②“内官”，近侍臣僚。“清明火”，唐代风俗，于寒食节禁火三日，到清明时，宫中将新钻取的榆柳之火赐给近侍大臣，以示宠幸。

③“上相”，对宰相的尊称。“白打”，蹴鞠（古时军中习武之戏，类似今日之足球赛）戏名，两人对踢为白打，三人角踢为官场，胜者有彩头。

④“紫陌”，帝都郊野的道路。“叱拨”，马名。唐天宝中，大宛进汗血马六匹，分别以红、紫、青、黄、丁香、桃花叱拨为名。“画秋千”，绘有图案的秋千架。

⑤“承平”，太平，治平相承。

秋霁晚景[1]

秋霁禁城晚，六街烟雨残[2]。墙头山色健[3]，林外鸟声欢。翘日楼台丽，清风剑佩寒[4]。玉人襟袖薄[5]，斜凭翠阑干。

①“霁”，雨止。

②“禁城”，宫城。“六街”，泛指长安城中的大街。

③“山色健”，言终南秋山所呈现的峻爽之色。

④“翘日”，高升的太阳。翘，举起。“剑佩”，剑柄上的佩带。

⑤“玉人”，喻人容貌如玉之美。

长安春

长安二月多香尘，六街车马声辚辚[①]。家家楼上如花人，千枝万枝红艳新。帘间笑语自相问，何人占得长安春？长安春色本无主，古来尽属红楼女。如今无奈杏园人[②]，骏马轻车拥将去。

①“辚辚”，众车声。

②“杏园”，见元稹《杏园》注①。

长安旧里[①]

满目墙匡春草深，伤时伤事更伤心[②]。车轮马迹今何在，十二玉楼无处寻[③]。

① 韦庄出身长安望族，然生于末世，对于时局和军阀混战，尤其是对朱全忠的“司马昭”之心，既忧虑，又无奈。所以“伤时伤事更伤心”。“长安旧里”，韦庄宅第在长安朱雀大街西第三街嘉会坊，旧里即指此。

②“墙匡”，围墙，墙垣。“匡”，一作“垣”。

③“十二玉楼”，泛指长安城内富丽堂皇的建筑。

王贞白

王贞白，字有道，永丰（今属江西省）人，乾宁二年登进士第。后七年，始授校书郎。尝与罗隐、方干、贯休唱和。《全唐诗》编其诗一卷。

御沟水

一带御沟水，绿槐相荫清①。此中涵帝泽②，无处濯尘缨。
鸟道来虽险，龙池到自平③。朝宗本心切，愿向急流倾④。

①“一带”，形容御沟狭长曲折，如同一条带子。“御沟”，见杜荀鹤《御沟柳》注①。“荫”，遮盖。

②“帝泽”，皇帝的恩泽。《唐诗纪事》：王贞白诗中，“涵”原作“波”，诗成，“自谓冠绝无瑕。呈僧贯休，休曰：‘甚好，只是剩一字。’贞白扬袂而去。休曰：‘此公思敏。’书一字于掌中。逡巡，贞白回，忻然曰：‘已得一字，云“此中涵帝泽”。’休将掌中字示之，一同。”

③“鸟道”，谓险绝的山路，似仅通飞鸟。此句言御沟水来自山上。“龙池”，宫中之池，如大明宫之太液池、兴庆宫之龙池。

④“朝宗”，谓百川之归海。御沟水亦归海之水也。宗，尊也。“心切”，心情急迫。

翁承赞

翁承赞，字文尧，昭宗乾宁三年（896）登进士第，任京兆府参军。唐亡后，于后梁开平四年（910）仕于闽王王审知，任谏议大夫、御史大夫等职。《全唐诗》编其诗一卷。

擢探花使三首①

洪崖差遣探花来②，检点芳丛饮数杯。深紫浓香三百朵，明朝为我一时开。

九重烟暖折槐芽，自是升平好物华③。今日始知春气味，长安虚过四年花④。

探花时节日偏长，恬淡春风称意忙⑤。每到黄昏醉归去，纻衣惹得牡丹香。

① 昭宗乾宁三年，翁承赞登进士第，因其“体貌甚伟，且诙谐”，故于探花宴上被擢为探花使，遂作此诗。“探花使”，唐代称进士中最年少者。唐制，宴进士于杏园，初会称探花宴，以少俊二人为探花使。（见唐李淖《秦中岁时记》）此名本非贵重之称，至南宋以后，始称殿试一甲第三名为探花。

②“洪崖”，传说中的仙人名，“检点”，查看符合与否。

③“九重”，指皇宫。“槐芽”，槐树之芽，芽发在春日。“物华”，自然景色。

④“四年花”，言自己来京应考，四年方才考中进士。“花”，花期，每年一期。

⑤“称（chèn）意，正合人之心意。“纻衣”，纻麻布所做的衣服。

黄　滔

黄滔，字文江，莆田（今属福建）昭宗乾宁二年擢进士第。光化中，迁监察御史里行，充威武军节度推官。五代时，依闽王王审知，并对其极能规正。《全唐诗》编其诗三卷。

放榜日①

吾唐取士最堪夸，仙榜标名出曙霞②。白马嘶风三十辔，朱门秉烛一千家③。郄诜联臂升天路，宣圣飞章奏日华④。岁岁人人来不得，曲江烟水杏园花⑤。

①“放榜日”，此指昭宗乾宁二年（895）之放榜，及第者二十五人。

②“仙榜”，唐人以登仙喻进士及第，故称进士榜为仙榜。黄滔中此榜。

③“三十辔”，言骑马观榜的中榜者。三十是举其成数。“一千家”，指朱门（富家）观榜者。“秉烛”，放榜在天未明时，黄滔《二月二日宴中贻同年封先辈渭》：“桂苑五更听榜后。”

④“郄诜”，西晋人。《晋书·郄诜传》：“累迁雍州刺史，武帝于东堂会送，问诜曰：‘卿自以为何如?’诜对曰：“臣举贤良对策，为天下第一，犹桂林之一枝，昆山之片玉。”“联臂”，以臂相挽。“升天路”，谓该榜得第的全部进士，得青霄之路。“宣圣”，汉平帝元始元年追谥孔子为褒成宣尼公。自汉以来历代王朝皆尊孔子为圣人，后诗文中多称宣圣。“飞章”，急报的奏章。“日华”，汉宫名，代指唐宫。此句下原有注云：“其年当日奏试。”后复试，汰止十五人。

⑤ 这两句是说，因进士们当日要杏园会，曲江宴，观者极多，故曰“来不得”。

二月二日宴中贻同年封先辈渭[①]

帝尧城里日衔杯，每倚嵇康到玉颓[②]。桂苑五更听榜后，蓬山二月看花开[③]。垂名入甲成龙去，列姓如丁作鹤来[④]。同戴大恩何处报，永言交道契陈雷[⑤]。

① 这首诗是赠给同榜进士封渭的。“贻”，赠送。科举制度同榜考中的人称同年。“先辈”，同榜者互相推敬之称谓。

②“帝尧”，对当代皇帝的敬称。“衔杯”，喝酒。嵇康，三国时魏国人。爱好老庄学说而攻击名教，富于正义感和反抗性。此处指封渭。“玉颓”，指醉酒。

③“桂苑”，栽有桂树的园林，此指科举考场。“五更”，天将明时。“听榜”，听放榜者宣布中榜人名单。“蓬山”，蓬莱仙山。“花开”，谓放榜。

④“入甲”，考进士名入三甲之列。“列姓”，姓名列于榜中，即考中。“丁”，指丁令威，传说他是汉辽东人，学道成仙后，化鹤归来。后常用以形容人世变迁。

⑤“大恩”，指进士及第。“交道”，交谊之道。“契”，投合。“陈雷”，指汉代陈重与雷义。《后汉书·雷义传》：“义归，举茂才，让于陈重，刺史不听，义遂阳狂被发走，不应命。乡里为之语曰：‘胶漆自谓坚，不如雷与陈。’”后因以“陈雷”喻友谊深厚。

省试奉诏涨曲江池[1]

地脉寒来浅，恩波住后新[2]。引将诸派水，别贮大都春[3]。
幽咽疏通处，清泠进入辰[4]。渐平连杏岸，旋阔映楼津[5]。
沙没迷行径，洲宽恣跃鳞[6]。愿当舟楫便，一附济川人[7]。

①“省试”，尚书省举行的进士考试。题下原注：“以春字为韵，时乾符二年（875）。”“奉诏”，奉皇帝的诏命，言试题“涨曲江池”系皇帝所定。

②“地脉”，指河流。河流像人身血脉，故称地脉。“恩波”，指帝王的恩泽。

③“派”，支流。“别”，另外。“大都春”，指长安曲江。

④“辰”，通“晨”。

⑤“渐平”，谓曲江水涨。“连杏岸”，水岸连接起杏园。“旋阔”，言曲江水面顷刻就变得宽阔了。旋，顷刻。

⑥“行径”，小路。“恣”，放纵，听任。

⑦“舟楫”，喻济时的宰辅大臣。“济川人”，摆渡之人，与“舟楫”同义。见卢怀慎《奉和圣制龙池篇》注⑤。

徐　夤

徐夤，一作徐寅，字昭梦，莆田（今属福建）人。昭宗景福元年（892）登进士第，授秘书省正字。依闽王王审知，因事摈弃，后蓬转客途，不知所终。《全唐诗》编其诗四卷。

放榜日

喧喧车马欲朝天，人探东堂榜已悬[①]。万里便随金鸑鷟，三台仍借玉连钱[②]。花浮酒影彤霞烂，日照衫光瑞色鲜[③]。十二街前楼阁上，卷帘谁不看神仙[④]。

①“喧喧”，此处指车马声。“朝天”，本指谒见帝王、天帝。此处指众人去看朝廷放榜。“东堂”，指晋宫正殿。晋郤诜试东堂（殿试）得第，自称“桂林一枝”，后因称试院为东堂。这两句是说人们得到了放榜消息。

②“万里”，此处非实指，而是指老远（赶来）。“鸑鷟（yuè zhuó）”，凤的别名，这里指饰有凤凰的车子。“三台”，星名，《晋书·天文志》：“在人曰三公，在天曰三台。”这里指位居三公的人。句下原注：“南海相公此时在京，蒙借鞍马人仆。”“玉连钱”，马名。这两句是说，人们随着皇亲贵族和高官显宦驱车驰马，赶去看榜。

③“花浮酒影”，进士饮也；“日照衫光”，进士行也。“彤霞烂”，人面鲜花映衬也；“瑞色鲜”，日照衣衫祥瑞也。这两句写进士欢宴出游。

④“十二街”，汉长安城中有十二街，这里指唐长安城中大街。“神仙”，指中榜进士。这两句写观看新科进士之人众也。

曲江宴日呈诸同年[①]

鶬鹒惊与凤皇同，忽向中兴遇至公[②]。金榜连名升碧落，紫花封敕出琼宫[③]。天知惜日迟迟暮，春为催花旋旋红[④]。好是慈恩题了望，白云飞尽塔连空[⑤]。

①这首诗是新科进士宴曲江时，作者写给新科进士的。“同年”，科举制度同榜的人称同年。

②“鶬鹒”，鸟名。俗称黄鸟。大如鸡卵。作者自指。“凤皇”，褒称同年。“中兴”，由衰落而重新兴盛。“至公”，指考官至为公允。

③“碧落”，天空。“封敕”，密封敕书。敕，皇帝的诏命。“琼宫”，美好的宫殿。

④“旋旋”，迅即，随时。

⑤“慈恩题了”，指新科进士在慈恩寺题名完毕。“塔”，慈恩寺塔，俗名大雁塔。

忆荐福寺南院[①]

忆昔长安落第春，佛宫南院独游频[②]。灯前不动惟金像，壁上曾题尽古人[③]。鵾鸠声中双阙雨，牡丹花际六街尘[④]。啼猿溪上将归去，合问升平诣秉钧[⑤]。

①“荐福寺”，在长安城内安仁坊。寺中有著名的荐福寺塔，即小雁塔。这首诗是作者回忆落第后游该寺之所感。

②“佛宫”，荐福寺之佛殿。

③“灯”，指佛殿之长明灯。“金像”，贴金的佛像。“壁上曾题”，壁间题诗。

④“鹍鸩（tí jué）”，即杜鹃鸟。“双阙”，古代宫门前的高建筑物，左右各一。“六街”，泛指长安城内大街。

⑤“归去”，即隐居。“合”，应该。“升平”，天下太平。“诣”，往，到。“秉钧”，指执掌朝政的大臣。

喻坦之

喻坦之，与许棠、张乔等同时，号“十哲”。《全唐诗》编其诗一卷。

长安雪后①

碧落云收尽，天涯雪霁时①。草开当井地，树折带巢枝。
野渡滋寒麦，高泉涨禁池。遥分丹阙出，迥对上林宜②。
宿片攀檐取③，凝花就砌窥。气凌禽翅束，冻入马蹄危④。
北想连沙漠，南思极海涯。冷光兼素彩，向暮朔风吹。

①“碧落”，天空。“雪霁”，雪停。

②“丹阙”，宫阙。“上林”，见李隆基《望春台》注⑬。

③“宿片”，谓檐间之冰片。

④“束”，收束。“危”，忧惧、不安。

卢延让

卢延让，字子善，范阳（今北京）人，昭宗光化三年（900）登进士第。朗陵雷满辟为从事。后归附前蜀王建，授水部员外郎，卒于刑部侍郎任上。《全唐诗》编其诗十首。

樊川寒食二首[①]

一

寒食权豪尽出行，一川如画雨初晴。谁家络络游春盛，担入花间轧轧声[②]。

①“樊川”，地名。指长安南韦曲至杜曲一带。因刘邦封樊哙于此，故名樊川。“寒食”，见韩翃《寒食》注①。

②“络络”，前后相接，连续不断。“担”，挑寒食的担子。“轧（yà）轧”，象声词。此处形容用担子所挑的食物较多较重，故有轧轧之声。

二

鞍马和花总是尘，歌声处处有佳人。五陵年少粗于事，栲栳量金买断春[①]。

①“五陵”，见李频《乐游园春望》注②。“粗于事”，干事心粗。“栲栳”，用柳条或竹篾编成的笆斗之类的盛物器具。“买断”，买尽。这两句是说五陵少年用大量金钱掷于春游。

曹　松

曹松，字梦徵，舒州（今安徽潜山附近）人。早年栖居洪都西山，后往依建州刺史李频。困于名场多年，至昭宗天复初（901），年七十馀，始登第，时值新平内难，朝廷以放进士为喜，曹松被特授校书郎，既而卒。诗多旅游之作，风格学贾岛，取境幽深，字句洗练。《全唐诗》编其诗两卷。

武德殿退朝望九衢春色①

玉殿朝初退，天街一看春②。南山初过雨，北阙净无尘③。夹道夭桃满④，连沟御柳新。苏舒同舜泽，煦妪并尧仁⑤。佳气浮轩盖，和风袭缙绅⑥。自兹怜万物，同入发生辰⑦。

①“武德殿”，殿名，在太极宫。“九衢”，四通八达的道路。

②“天街”，见韩愈《早春呈水部张十八员外二首》注②。

③“南山”，指终南山。“北阙”，指皇宫。

④“夭桃”，艳丽争春的桃花。

⑤“苏舒”，再生，复生。“舒”，伸展。“煦妪”，覆育，抚养。《礼记·乐记》：“天地欣合，阴阳相得，煦妪覆育万物。”《注》：“气曰煦，休曰妪。”《疏》：“天以气煦之，地以形妪之，是天煦覆而地妪育，故言煦妪覆育万物也。”“舜”“尧”，上古明君，此处指当朝皇帝。

⑥“轩盖”，车盖，遮阳御雨之具。“缙绅”，插笏于绅。绅，束腰的大带。“缙”同“搢”。古之仕者，捶绅插笏，故称士大夫为缙绅。

⑦“怜”，爱。“发生”，萌发，滋长。“辰”，时刻，时运。

和　凝

和凝，字成绩，郓州须昌（今山东东平）人，举进士。后唐天成中，历翰林学士。知贡举，所取在一时之秀。后晋天福五年，拜中书侍郎，同平章事。入后汉，拜太子太傅，封鲁国公，终于后周。和凝之文，以多为富。《全唐诗》编其诗一卷。

宫词百首①（选四首）

一

凤吹鸾歌晓日明②，丰年观稼出神京③。封人争献南山寿④，五色云中御辇平⑤。

① 和凝所作之宫词百首，是以宫廷生活为题材的诗，内容广泛，有别于一般宫词仅限于宫怨之事。为此，他曾在该组诗第一百首中，道其初衷云：“九重天上实难知，空遣微臣役梦思。葵藿一心期捧日，强搜狂斐拟宫词。”

② 这首诗是“百首”中的第五首，言天子观稼之盛况。“凤吹鸾歌”，即音乐歌舞。凤吹（作名词时读 chuì），指笙箫等细乐。

③“观稼”，察看田野之庄稼，此指关心农事。“神京”，即帝都。

④“封人”，官名。《周礼》中谓其为地官司徒的属官，掌守护帝王社坛及京畿的疆界。春秋时为典守封疆之官。“献”，犹“进”。“南山寿”，《诗经・小雅・天保》：“如南山之寿，不骞不崩。”后来沿用为祝寿的颂辞。

⑤“五色云”，五种颜色的云彩，古人以为祥瑞。“御辇”，皇帝出行所乘的车。

二

献寿朝元欲偃戈[①]，航深梯险竞骈罗[②]。若论万国来朝日，比并涂山更较多[③]。

① 这首诗系“百首”中的第二十九首，言万国来朝之盛事。“献寿”，祝福。“朝元”，指元日（正月初一）朝见皇帝。“偃戈”，停止战争。偃，停，止息。戈，我国青铜器时代的主要兵器，引申为战争。

②“航梯”，航海梯山之简称。谓渡海登山，即跋涉山川。“竞”，竞争，竞赛。“骈罗”，骈比，罗列。

③这两句是说，万国来朝见唐朝皇帝的使者，比大禹在涂山会诸侯的人更多。“涂山”，古史称禹会诸侯于涂山。其地说法有三，一在今安徽蚌埠，一在今浙江绍兴，一在今重庆。

三

五色卿云覆九重①，香烟高舞御炉中②。含元殿里行仁德，四海车书已混同③。

①这首诗是“百首”中的第六十九首，言大唐一统之盛况。“卿云”，见蒋防《望禁苑祥光》注④。“九重”，天子之门九重，代指皇宫。

②这句是说，大朝时在殿侧御炉燃熏香之烟。

③“含元殿”，大明宫主殿之一。“车书”，《礼记·中庸》：“今天下，车同轨，书同文。”后取“车书”字，泛指国家体制制度。“混同”，统一，混合为一。

四①

平明光政便门开，已见忠臣早入来②。自是枢机符造化③，大罗天上曜三台④。

①这首诗是“百首”中的第八十五首，言直臣柄政之盛名。

②“平明”，天刚亮。“忠臣”，忠公体国的官员。

③“枢机”，朝廷的机要部门或要职，指尚书、中书、宰辅之积。“符”，符合。“造化”，指自然的创造化育。

④“大罗”，大罗天的省称。道家诸天之名。“曜”，日光，明亮。“三台”，官名。汉因秦制，设置尚书为中台，御史为宪台，谒者为外台，合称三台。这里泛指辅佐君主的大臣。

纥干著

纥干著，世次爵里俱无考。《全唐诗》编其诗四首。

灞上①

鸣鞭晚日禁城东②，渭水晴烟灞岸风。都傍柳阴回首望，春天楼阁五云中③。

①“灞上”，地名。亦即霸上。在长安城东，《水经注》卷十九“渭水”：“霸水又左合浐水，历白鹿原东，即霸川之西，故芷阳矣。《史记》秦襄王葬芷阳者是也。谓之霸上。”

②“禁城”，宫城。

③“楼阁”，指宫苑楼阁。“五云”，五彩云，古人以为祥瑞。

刘公兴

刘公兴，爵里世次俱无考。《全唐诗》编其诗一首。

望凌烟阁①

画阁凌虚构，遥瞻在九天②。丹楹崇壮丽，素壁绘勋贤③。
霭霭浮元气，亭亭出瑞烟④。近看分百辟，远揖误群仙⑤。
图列青云外，仪刑紫禁前⑥。望中空霁景，骧首几留连⑦。

①“凌烟阁”，唐代为表彰功臣而建筑的高阁，绘有功臣图像。唐太宗贞观十七年、代宗广德元年都曾绘功臣像于阁中。

②“凌虚构”，在空中构建，喻其高。凌虚，处于空际。“九天”，极言其高。

③“楹”，廊堂的前柱。“勋贤”，功高德贤的大臣。

④“霭霭”，云盛貌。“元气”，中国哲学概念。或指阴阳二气混沌未分的实体。“亭亭”，孤峻高洁的状态。

⑤“百辟”，指诸侯。辟即君。也泛指公卿大官。“揖”，古时拱手礼。“误群仙”，误以为（凌烟诸勋臣）是一群仙人。

⑥“青云”，双关语，既言高空，又言官高位显。“仪刑”，犹言法式，作为规范。也作“仪形”。“紫禁”，以星座紫禁垣比喻帝居。

⑦“霁景”，雨雪止、云雾散皆谓之霁。“骧首”，昂首。“留连”，舍不得离开。

无名氏

长安早春

杳霭三春色，先从帝里芳[①]。折杨犹恨短，测景已忻长[②]。莺和红楼乐，花连紫禁香[③]。跃鱼惊太液，佳气接温汤[④]。风送飞珂响，尘蒙翠辇光[⑤]。熙熙晴煦远，徒欲奉尧觞[⑥]。

①“杳霭”，深远貌。也作“杳蔼”。“帝里”，国都。

②“折杨”，犹折柳，杨与柳同科异属，唯枝上挺，其实亦成白絮飞散。古诗文中杨柳常通用。“测景”，测量日影。“景”通“影”。“忻”，心喜，通“欣”。

③“红楼”，红色的楼，泛指华丽的楼房，妇女所居。代指富贵家。“紫禁”，以星座紫微垣比喻帝居，故称禁中为紫禁。

④“太液”，即太液池。在大明宫内含凉殿后。“温汤”，即温泉，骊山华清宫中温泉最为驰名。

⑤“珂”，马笼头上的装饰品。也用为马勒或马的代称。“辇”，皇帝车的名称。

⑥“熙熙”，广大貌。“煦”，日始出。“奉”，捧。“尧觞”，筵上举杯称颂帝王。觞，盛有酒的杯。

广　宣

广宣，俗姓廖氏，蜀中人。与刘禹锡最善。元和、长庆两朝，并为内供奉，赐居安国寺红楼院。有《红楼集》。《全唐诗》编其诗一卷。

红楼院应制①

红楼疑见白毫光，寺逼宸居福盛唐②。支遁爱山情谩切，昙摩泛海路空长③。经声夜息闻天语，炉气晨飘接御香④。谁谓此中难可到，自怜深院得徊翔⑤。

①“红楼院”，在长安长乐坊安国寺中，广宣长期为内供奉，被赐居红楼院。

②“毫光”，谓光线射如毫毛。此处指红楼院的祥光寺。“寺逼宸居”，指安国寺迫近皇帝的居处，紧邻大明宫延政门。

③“支遁”，晋代著名僧人，字道林，他二十五岁出家，隐居馀杭山，深思道行，通《庄子》及《维摩经》，世称“支公”“林公”。“情谩切”，感情急迫。“昙摩”，僧名。本名昙摩罗，又名昙摩迦罗，省作昙摩，乌场国（故地在今巴基斯坦北部斯瓦特河流域）人，于北魏嘉平年间来洛阳，戒行精勤，传习戒律。“泛海”，航海。作者在这里以此二人作比。

④“天语”，帝王的诏谕。“炉气”，香炉焚香的烟气。“御香”，早朝时御炉的烟香。

⑤“自怜”，自爱。怜爱。“深院”，指红楼院。

子　兰

子兰，昭宗朝文章供奉。《全唐诗》编其诗一卷。

华严寺望樊川[①]

万木叶初红[②]，人家树色中。疏钟摇雨脚，秋水浸云容[③]。雪碛回寒雁，村灯促夜舂。旧山归未得，生计欲何从。

①“华严寺”，在长安城南之韦曲东南少陵塬上，建于唐德宗贞元十九年(803)，是中国佛教华严宗的发源地。“樊川”，见卢延让《樊川寒食二首》其一注①。

②“万木”句，言时在深秋。

③“雨脚”，下雨之状。雨点下落，如人之脚，故云。“秋水句”，言秋水映照着云彩。“云容”，云的形状和颜色。

长安早秋[①]

风舞槐花落御沟[①]，终南山色入城秋。门门走马征兵急，公子笙歌醉玉楼[②]。

①“槐花”，槐树（国槐）开花在农历六七月间，此处指七月（早秋）。“御沟”，见杜荀鹤《御沟柳》注①。

② 这两句是说国家征兵方急，而公子们因享有特权，不服兵役，故笙歌买醉，以享其乐。

悲长安[1]

何事天时祸未回，生灵愁悴苦寒灰[2]。岂知万顷繁华地，强半今为瓦砾堆[3]。

①唐末战乱频仍，长安遭到极大的破坏，尤其是朱全忠强迫昭宗迁都洛阳，“毁长安宫室，百司及民间庐舍，取其材，浮渭沿河而下，长安至此遂丘墟矣”。（《资治通鉴》卷二六四）此诗写长安乱后摧颓之象，读之令人鼻酸。

②“祸未回”，言战祸未息。“生灵”，犹生民，人民。“寒灰”，指房屋毁于战火。

③“万顷繁华地”，指长安城。“强半”，超过一半。

陈　光

陈光，爵里世次俱无考。《全唐诗》编其诗二首。

长安新柳[1]

九陌云初霁，皇衢柳已新[1]。不同天苑景，先得日边春。色浅微含露，丝轻未惹尘[2]。一枝方欲折，归去及兹晨[3]。

①“九陌”，汉长安城中有八街、九陌。后来泛指都城大道。“霁”，雨

止。语出《尚书·洪范》。后世凡雨雪止，云雾散，皆谓之霁。“皇衢”，都城内四通八达的道路。

②“天苑”，天上的囿苑。“日”，喻皇帝。

③“兹”，此。

跋

说起这部《唐诗陕西》五卷本，先应说它的缘起。

2015 年春，由南京大学牵头的《全唐五代诗》第一函，即唐初至杜甫的十卷本，由陕西人民出版社出版，我有幸参与了该书的编辑工作。该书出版后，立即引起了社会的关注。为全唐五代诗结全集，为中华优秀文化聚原典，正见了陕西人民出版社的文化自信和历史担当。著名作家、该书的责任编辑张孔明兄以编辑家的眼光，由此而产生了对唐诗作专题选注之设想，即《唐诗陕西》。嗣后，我受命选注《唐诗秦岭》。这本选注 350 首诗的《唐诗秦岭》出版后，我又受命选注《唐诗陕西》。当时基于篇幅的考虑，意在结集为上、下两册，如此一来，自然不宜分类过细，遂以人系诗，予以选注。2017 年冬，在陕人社例行的翌年新书选题会上，此选题幸逢支招。群贤语重心长，建议将此书分门别类，做成若干册云云。群贤皆高人，点铁成金；群贤皆智者，用意殊深。赖有此力，孔明兄择善而从，遂当即与我敲定，扩充内容，分作五册，并以唐人诗句冠以书名：《万国衣冠拜冕旒》，统大唐三百年也；《秦中自古帝王州》，统京城长安也；《秦川如画渭如丝》，统天府关中也；《太白终南地轴横》，统龙脉秦岭也；《文彩风流今尚存》，统人文纵横也。

此五册的内容，大抵涵盖了今之陕西地域。书稿送审，陕人社决定，为明了起见，直观以取书名，曰《大唐三百年》，曰《京城长安》，曰《天府关中》，曰《秦岭风情》，曰《人文纵横》。一目了然，大佳。

《唐诗陕西》，顾名思义，就是指唐诗中有关陕西的诗作。但有三点必须特别提及：其一，此处“陕西”指今日之陕西省，而在唐代和唐诗中，凡有“陕”字，均指陕州或陕县（在今河南省境内），与今之陕西并无关系。陕西作为行省，源于宋时的陕西路（周初周公、召公分陕而治，其中的“陕”，就是指陕陌或陕原），元置陕西行中书省，明改陕西布政使司，自清以来称陕西省。今日陕西的范围，大约辖唐时的京兆、凤翔、兴元三府，以及华、同、邠、陇、鄜、坊、延、绥、夏、麟、银、金、洋、商、兴、凤等州。其二，“关中”，据辞书解释，有狭义和广义两种。狭义指关中盆地，即八百里秦川，广义指今日之陕西省，书中取其广义者。其三，唐诗中凡涉“秦”字者，大多指今日之陕西，也有少量指今日甘肃东部之地。

明乎此，便可知陕西作为唐朝的中心区域，更显出特殊之地位；亦可知唐诗对陕西的一往情深，更使其成就得到了升华。唐诗陕西，陕西唐诗，在相得益彰中完成了诗化的诠释。唐代诗人以他们的生花妙笔，展现出旷代盛朝之伟，帝都王气之佳，山水形胜之美，天人合一之谐。伟佳美谐，便见了繁花似锦。然而要以有限之篇幅，兼及诗人及诗作，选注皆不易。

凡所选，以质美骨香者为是；凡所注，以洁明准确者为务。中有一二篇什，亦参稽中国社科院文学所的《唐诗选》和萧涤非先生《杜甫诗选注》等大作，他山之石，可以攻玉，在此谨致谢忱。且喜《唐诗陕西》今已成帙，采诗千首，皆杰秀特出，大具四“者”之光华——尤要者，以其影响更大也；有代表性者，以其能树高标也；脍炙人口者，以其常经人道也；富有特质者，以其各有面目也。

辉煌的唐诗，辉煌的陕西。陕西因唐诗而更加声名远播，唐诗因陕西而更加登峰造极。这就是我们的唐朝，这就是我们的唐诗，这就是我们的陕西——

华章盛代竞相隆，三百年间陕在中。
地推四塞关河壮，天定长安王气雄。
文采风流情擅美，终南太白势横空。
而今挺出唐诗里，犹带依依秦地风。

杨乾坤

2020. 7. 12